只有我知道犯人是誰

松村涼哉

Ryoya Matsumura

輕
文學
Light Literature

第一章

班上同學消失了。

比往年提早結束的梅雨季六月最後一天，矢萩鎮立高中二年A班的女學生突然失蹤。她從學校返家之後立刻又出門，然後據說就這樣下落不明了。她並不是一個會在未告知家長的情況下擅自外宿的學生，但經過一個晚上仍沒有回家，也沒到學校。一星期過去之後，狀況仍未改變。

到此為止還不算是什麼太少見的情況。

矢萩鎮立高中是一所普通的高中，這是一所設立在中部地方山間的學校，學力偏差值落在54。過去曾有鎮立第一高中、鎮立第二高中，但因為少子化影響，兩校在二十年前合併。原本曾經活躍於各級賽事的管樂社，近年來的戰績也都止步於縣級大賽。

一個隨處可見的、高中女生離家出走的狀況，只是這樣罷了。

失蹤的女生——久米井那由他原本在教室，就是個無法融入群體的學生。

瀏海蓋住眼睛、總是戴著口罩，遮住了大部分臉孔。她不太說話，休息時間也都是一個人在教室角落在筆記本上寫東西。她原本就帶著好像快要消失的氛圍。因為她有這樣的特徵，所以失蹤之後，也沒有造成太大騷動。

只不過失蹤人口不僅只有她。

七月八日、九日兩天，二年A班都有學生失蹤。

第二個失蹤學生是渡利幸也。

他是個有點脫線的人，算是教室內的開心果。個子雖然高，但個性卻有些怯懦，是學校籃球隊的男生。他在七月八日，跟家長表示「我去學校了」之後離家，但沒有到校，就這樣行蹤不明。

第三個失蹤學生是田貫凜。

她在學校總是在打瞌睡，因此同學都會以「愛睏狸貓（註1）」這個外號稱呼她。即使被老師訓斥，還是馬上又睡下去的態度實在相當大膽。她在七月九日放學之後沒有回家，直接失蹤。

註1：田貫的日文發音與狸貓相同。

一旦在教室裡面具有存在感的學生失蹤，事情就愈來愈受到關注。

「矢萩鎮立高中連續失蹤案」。

有人開始這樣稱呼。

七月十三日，矢萩鎮立高中裡面充滿著失蹤人口的話題。

而其中當然屬當事者班級的二年A班討論得最熱烈。

到了午休或放學後，學生們就會不斷交換情報，透過目擊證詞、八卦，還有社群媒體上的發言等等，推敲案情的疑點。「他們消失去哪裡了」、「為什麼消失了」、「會有第四個人失蹤嗎」從這些疑問背後，可以看出學生們擔心下一個捲入事件的，很可能會是自己這點。

位在教室中心的，是古林奏太。

他很有幽默感，並且會統籌各種活動，在班上算是領袖般的人物。他的頭髮剃得短短的，露出整片額頭。寬寬的額頭很可愛，讓他無論在男女同學之間都能吃得開。

他跟第二個失蹤同學渡利幸也一樣，也是籃球隊的。從他身上可以感受到非比尋常的熱忱，想要揭曉這件案子的真相。

「狀況可能有點危險。我今天聽其他班的同學說，田貫和渡利的手機好像放在家裡。他們是真的失蹤了。」

在放學後的教室裡，約十個左右學生饒富興味地點頭同意。一個叫高橋的男生嘀咕地應聲：「什麼意思？」旁邊一位叫柴岡的女生有點不耐煩地說明：「要是帶著手機，警察就可以追蹤GPS訊號找人啊。」

參加運動社團的高橋和柴岡抱著書包，看來是想盡快去參加社團，但似乎也有些顧慮神色凝重的古林。

——原本認定不會動搖的世界，開始轉變成混沌的世界了。

除了很早就下課回家的學生之外，在教室內的半數以上學生都在聽古林說話。身為第三個失蹤學生田貫朋友的溝井和船越不安地蹙眉，交頭接耳；將棋社的田端一邊滑手機，一邊不時看向古林；平常總是吵吵鬧鬧，一直聊著社群媒體上熱門話題的佐伯和三島兩個女生，也倚靠著窗戶，表現出對這個事件有興趣的態度；一個姓葉本的男生帶著有點嬉鬧的態度不時應和著話題。

——人們在這不安定的世界，再次確認自己的定位。

然後，我——堀口博樹一邊感受著班上同學的混亂，一邊靜靜地看著書。

我喜歡閱讀社會學的專業書籍。書內明明記述著一九九〇年代後半的美國社會狀況，卻與眼前的景象重合了。我讀了一點內容之後抬起頭，與眼前的光景比對。

在失去日常明確性的教室內，班上同學們彼此確認著自身立場。

——為了緩和自身的不安，於是與他人拉清界線。

沒錯，教室裡面有一些看不見的界線。

高橋揶揄著說已經失蹤的久米井總是怪怪的，柴岡儘管一邊勸阻他，卻也半是笑著認同；溝井嘴上一直說很擔心，但船越則安心地覺得還好事情沒有連累到自己；佐伯則一副好像看了懸疑電視劇那樣開始隨意推理，三島則因此噴笑出來。

我知道。

他們正在議論的不是失蹤對象的下落。

——而是在進行「自己與那些傢伙們不同」的確認工作。

失蹤學生與自己、牽扯上問題的學生和依然普通地上學的自己、讓周遭擔心的問題兒童與正在擔心的自己。

他們只是在確認這些界線而已。

填滿教室的，是突如其來的八卦傳聞帶來的愉悅。

當然，也是有學生真的在意失蹤學生的下落。古林奏太應該就是吧。但除了他以外的學生說到失蹤學生時，嘴角都微微上揚。

他們為什麼這麼快樂？

我不得不有這種感受。

我覺得繼續留在教室也很沒意義。

當我正打算打道回府而起身時，推開的椅子和地板摩擦，發出刺耳的聲音。這聲音出乎意料地大，班上同學的目光瞬間集中過來。我也不在意他們那樣不客氣的態度，背起背包，走出教室。

「堀口知不知道些什麼啊？」

古林奏太的聲音從關起的教室門另一邊傳來。

他的話語雖然真誠，但其他同學的反應卻充滿消遣的意味。

「不，他應該什麼都不知道吧？」、「他不是完全不跟人交流嗎？」、「我好像一次也沒跟他說過話耶。」

帶著笑聲的話語持續。

我重新背好背包，往樓梯口走去。

走出教室之後，一如往常地往「城堡」走去。

那不是一座真正的城堡，而是廢棄城堡，不，甚至連廢棄城堡都算不上，我居住的小鎮並沒有那麼豪華的建築物。

矢萩鎮就是個一路走向衰退的聚落。

人口不到一萬，而且逐年減少。唯一觀光點只有位在深山裡，那些喜好探索祕境的愛好家才會知道的瀑布，除此之外沒什麼值得一提的部分。大多土地被山峰圍繞，僅有的少數平地都是農田。務農人家也受到高齡化衝擊，十年前鎮長雖然想透過引進機械的方式提高耕作效率，但因為坡地過多而作罷，最後只給鎮上留下大筆債務。而那些體積龐大的農業機械隨處放在鎮上任憑風吹雨打、生鏽敗壞，就像是失敗的遺產那樣。

兩間便利商店、一間超市就是這小鎮上主要的商店。雜貨零嘴小鋪去年歇業，曾經存在過的一家速食店也經營沒多久就關店了。

除了有高速公路交流道之外，實在沒什麼特別的定位。

而這樣的矢萩鎮裡，唯一可以算是地標的，只有「城堡」。

從矢萩鎮立高中往西，騎腳踏車約十分鐘，會來到一處長長的上坡路。登上這段坡道後，在頂端的高速公路交流道出入口附近可以看到——

原本應該是以西式古堡為範本建造吧，外觀看起來比迪士尼樂園的灰姑娘城堡再陽春個幾級，以灰色石造建材作為基調的圓柱形建築物聳立，周圍還有四座高高的尖塔並列。

——「夢幻城」。

命名有夠老氣，但因為是很久以前建成的，也是難免。

那是三年前歇業的愛情賓館。

傳聞說管理者連拆除費用都沒付就連夜逃跑了，也是這賓館到現在都沒拆的原因。因為賓館建在地勢高處，從矢萩鎮的任何位置都能看到它，連從不上愛情賓館的鎮民都知道。還聽說過一種下流的傳聞，矢萩鎮立高中學生的傳統之一，就是大家的初體驗都會在這裡發生。

因為裂開的玻璃窗就這樣被放著不管，現在建築物前方設置了禁止進入的看板，大型停車場也空空蕩蕩。正面大門用堅固的掛鎖扣住，拒絕訪客。

現在已沒人會接近的城堡。

也因此，很少有人知道可以從後門進入。有可能其實沒有其他人知道。住在「夢幻城」旁邊公寓大樓的我，偶然發現那個入口。後門雖然看起來打不開，但其實沒有上鎖，只是因為老舊造成門框歪斜，所以只要抓著門板左右搖晃便能打開。一旦掌握到訣竅，甚至不用太費力氣。

踏入城堡後，塵埃與霉味刺激鼻腔。

後門通往愛情賓館櫃檯，放了一些折疊椅和辦公室櫥櫃。沒有燈光一片昏暗，所以繞回正面入口處。建築內的裝潢仍然保留著，有些地方鋪設了上頭有汙漬的紅色地毯，從大門射入的夕陽照在角落的大型西洋盔甲上，低調地發光。

很神奇地，在這裡面感受不到七月的熱氣。

裡頭溫度比氣溫還低，有種清涼的感覺，對於剛騎腳踏車過來、帶著熱度的身體來說感覺很舒暢。

在西洋盔甲的底座上面坐下，一如往常地攤開筆記，拿出自動鉛筆揮舞。我畫了一隻擁有巨大翅膀和螺旋狀喙部的怪鳥，是虛構的怪物。

我心無旁騖地動著手，讓情緒平靜下來。

看到班上同學勾起嘴角的模樣，一股混濁漆黑的情感從體內深處湧現。老實說，那些愉快地說什麼「失蹤」、「出大事了」並騷動著的人們，看了真的很不舒服。

我突然想起以前曾聽過的話。

——『說穿了就是鄉下地方啊。』

七年前遇見的那個少年，以不符合年齡的戲謔口氣說道。

——『在這裡，只能看著農田或手機度過一天耶。這裡應該很需要有趣的新聞吧，即使是他人的不幸也一樣。』

「沒錯。」

我一邊動著筆，一邊嘀咕。

「這個小鎮已經完了。」

這不是比喻，矢萩鎮是真的要完了。

戰後沒多久雖然曾盛行養蠶業，但是大型紡織工廠一落成便馬上開始衰退。進入平成年代，工廠也因為要轉移到人工費用較便宜的海外地區而關閉。鎮上稅收減少，財政方面屢屢出現問題的矢萩村幾經合併後成為矢萩鎮，但馬上就面臨極限。今年六月已經確定將在五年後併入萩中市。

——五年後將會消失的小鎮。

那就是圍繞我們的世界。

連唯一的娛樂設施，愛情賓館都不得不歇業的小鎮。

我大嘆一口氣，將自動鉛筆放在地上。

筆記本上畫了一隻可怕的怪鳥，嘲笑般的眼正看著這邊。設計工作已經完成，心裡的焦躁也在不知不覺間平息。我邊深深呼氣，邊闔上筆記本。

又完成了一隻虛構的魔物。

那是將在我製作的遊戲「腐敗王國與絕望勇者」裡登場的敵方魔物。

・・・

對我而言，製作遊戲並不是出自興趣，而是為了治療。

即使是平日，我也會花至少五小時製作遊戲。我會在課堂上處理圖像設計的工作，回家後則做程式設計。我像是有戒斷症狀那樣，只要一天沒動工就不行。

——我身上有缺陷。

就像手機ＡＰＰ有時候會打不開那樣，我身上也有一些故障。

我覺得圍繞在我身邊的世界非常可怕。

以七年前發生的那件事情為契機，我被迫要重新認識身邊的一切。所謂惡意是什麼、敵意是什麼，還有殺意是什麼。當時還是小學生的我，盡了自己所能閱讀許多社會學書籍，最終找到喬克．楊（Jock Young）的著作《排斥社會》（The Exclusive Society）。

簡單來說，這本書在說明「生活在不安定社會下的人們，變得會排斥他人的過程」。

書中的記述與我的心境非常吻合。

從那時候開始，我變得真的開始害怕這個世界。

世界充滿敵意的事實，讓我打從心底發顫。

在那之後，我不時會陷入無法行動的狀態。

比方說，當我在圖書館裡聽到吵鬧的咒罵聲時，會突然心跳加速，並且害怕。腦袋彷彿要燒起來那樣發熱，身體漸漸無力。

動彈不得的時間短則兩分鐘，長的話甚至可以到一小時，落差極大。

一旦陷入動彈不得的狀況，我就只能閉上眼睛，靜靜等狂風暴雨止息。

精神科醫師診斷我屬於一種適應障礙症，雖然開了一些藥給我服用，但不見改善。小學的時候症狀最嚴重，大概每兩天就會倒下一次以上，周遭的人都會對我白眼相向。

升上國中之後，我才找到適合自己的治療方法。

——認知行為治療法。

從客觀角度看待自身情緒，並藉此改善認知偏差與精神狀況不佳的方法，而每個人重新審視自我的方法似乎也是各種各樣。跟諮商師交談、在筆記本上寫下自身情感、寫成小說吐露、以百分比的方式整理喜怒哀樂，總之釋放自己的情緒，並面對自己。

我的方法則是製作遊戲。

國中二年級，在電腦課上學習簡單的電腦遊戲製作方法時，我突然覺得自己內心輕鬆了點。在那之後，我自學程式設計，並嘗試在自家電腦上製作簡單的遊戲時，覺得有種體內被淨化的感覺。

花了一年以上，完成一款長篇遊戲製作時，我心想，就是這個了。

——把身邊的可怕世界解釋為遊戲。

——讓恐懼世界的自己成為遊戲內的主角，採取行動。

遊戲世界裡面到處是反映了我恐懼的魔物，但不需要害怕。我知道魔物有哪些弱點，也準備了打倒牠們的方法。

當我玩完自己首次製作的遊戲時，我哭個不停。

我覺得自己終於踏出可以擺脫這一片黑暗的一小步。

升上高中後，我把所有閒暇時間都用來製作遊戲。

因為我一個人住，也不會有人限制我什麼。我靠著吃泡麵、喝果菜汁解決晚餐之後，可以把所有時間花費在製作遊戲上。學校課業則維持在最低通過標準。我不只負責處理程式設計，連畫面美術都是親自操刀。當作品的完成度愈接近我能接受的目標，心中的恐懼也能愈加緩和。

遊戲類型是角色扮演。內容是日式角色扮演遊戲常見的勇者出發冒險，並打倒魔王。我正在製作第三款遊戲，但遊戲類型仍維持不變。

從房子的窗戶，可以看到「夢幻城」。

外牆油漆剝落、裂開的窗戶玻璃被放著不管，甚至連拆除經費都拿不出來，直接遭到棄置的古堡，帶給了我創作靈感。

我在這看得見古堡的房子裡，持續策動勇者。
我就是這樣面對自己的故障，儘管直到現在我仍害怕著世界。

・・・

我離開「夢幻城」後，手機跳出一條訊息。
我一邊走到停放腳踏車的地方，一邊回訊。

『遊戲製作進展得如何啊？』
『沒問題。』
『真的嗎？我覺得進度掉滿多的耶。』
『只是因為上星期碰到低潮，但我調整好了。』
『很好。等你做到一個理想段落再發東西過來吧，我會幫你打好廣告。』
『了解。多謝了。』
『嗯。是說你別失蹤啊？拜託喔。』

『怎麼了？你擔心那個連續失蹤案嗎？』
『對。』
『我不會，也不打算失蹤。』
『話說，你怎麼看那些連續失蹤案啊？』
『為何問我？』
『我不只問你，我逢人就問。』
『我不太喜歡這種事。』
『所以，你怎麼想？』
『壞掉的羅盤、存在理論方面上的不安。』
『是你最愛的那本書嗎？』
『我們總是處於不安狀態，所以什麼時候消失都不奇怪。』
『總之你什麼都不知道就對了？』
『當然啊。』
『那麻煩你專心做遊戲吧。』
『了解。』

我把手機塞進口袋，將腳踏車推往大樓方向。

夕陽從旁照射過來，七月的太陽既暴力又毫不留情，足以灼燒皮膚的熱度讓我皺起眉頭。

．．．

我心想「啊，對喔」，再過十天就要放暑假了。

我想，一成不變的日子肯定會持續下去。

我走下坡道，往學校過去，我會在課堂上著手美術層面的工作。下課時間也沒有跟班上同學聊天，過著毫無社交可言的學校生活。我不覺得空虛，當然也不會與失蹤案件有牽扯。雖然我覺得這件事情是滿嚴重的，但既然沒有線索，我也沒辦法為失蹤者做些什麼。只能默默地接受現況，放學之後在自家致力於程式設計直到深夜，累了之後倒床睡到早上。

這就是高中二年級七月，我的狀況。

是個住在鄉下地方的普通高中生，會有的平凡日常生活。

——按照原本來說，我應該要過著這樣的生活。

後來我回到大樓。

那是位在「夢幻城」後面的十層樓高建築物，雖然是這一帶少見的高樓，但因為房屋老舊，且離車站和超市都遠，因此有一半以上的房間都空著。相對的，房租非常便宜，住戶以學生和長者為主。

我把腳踏車停在到處生鏽的停車棚，走進電梯。電梯隨著一道悶悶的聲音上升，我因無法忍受累積的霉味而憋住氣。

九樓的邊角房，那裡就是我家。

一房一廳的房間裡面堆滿了泡麵與果菜汁紙箱，和只會微微地發出硬碟轉動聲響的電腦。進入房間，充滿溼氣與熱氣的空氣撫過臉龐。我一如往常地——

「我回來了。」

邊開門邊低語。

「你回來啦。」

空調的冷空氣與三個人的聲音回傳。

有三個高中生在開了冷氣的房間裡面休息。

久米井那由他坐在玄關正面客廳內的小桌前，正對著我揮揮手。渡利幸也坐在房間裡面的地板上，田貫凜則從壁櫃裡探出頭來。

只有我知道。

三個失蹤人口——在二年A班這樣稱呼的三個人就在我家。

第二章

黑漆漆的房間裡，只有我敲打鍵盤的聲音響著。

我持續動著手指，一邊不干己事似地想著，這簡直像不是出於我的意志。彷彿被液晶螢幕的白色吸引了那樣，一直盯著筆記型電腦。文字接連出現、消失在文書軟體的畫面上。

——挑戰世上魔物的方法有什麼？

『逃跑』、『原諒』、『諂媚』、『責備』、『和解』、『消失』、『殺害』。

當電腦設定的鬧鐘告訴我現在時間是凌晨零點時，我深深吸了一口氣，讓身體靠在椅背上。

窗簾敞開的窗戶可以看到外面的「夢幻城」。在經過古堡旁的高速公路燈光映照下，古堡呈現淡淡的橘色。

正當我打算存檔的時候，才想到需要取一個檔名。

我稍微猶豫了一下。

我只用食指打出「secret1」之後，關閉檔案。

・・・

回到家的瞬間，兩個月前的記憶不知為何復甦。

猶如看到「山」這個字，自然會聯想起「海」那樣，可能是大腦自行想起對照性的事物吧。

本應可以享受的生活，以及眼前光景的落差，讓我的腦袋有點暈眩。

——現在正有三個同班同學，在這一房一廳的空間內生活。

坐在客廳茶几前的久米井看見我回來便舉起手。

「教室裡有沒有什麼事？」

「沒什麼不同。」我簡短回答。「但是騷動果然愈演愈烈，班上已經開始傳一些沒有根據的八卦了。」

我一說，他們三個人都隨意地「喔～」了一聲。

我把背包放在桌上，從冰箱拿出麥茶，倒在杯子裡。接著解開襯衫釦子，讓身體暴露在空調的冷氣之下。我跟一整天都待在房裡的他們不同，在外頭那樣的酷暑之下推著腳踏車回家，汗還是流個不停。

我喝光一杯麥茶之後，馬上又倒了一杯。

「感覺有點寂寞。」久米井嘀咕。

「寂寞什麼？」

「因為我失蹤的時候，事情沒有鬧這麼大對吧？果然是因為渡利和田貫也失蹤了，大家才開始著急吧。」

「久米井在教室很低調啊。」

「堀口你有資格說我？」

「我比妳好一點。」

久米井說「半斤八兩吧」並鬆開嘴角，渡利和田貫的笑聲從房間傳來。我並沒有打算開玩笑的。

我覺得很神奇。

——三個失蹤人口在我家。

若這件事情公開，班上同學不知道會作何反應？

我重新檢視了一下眼前景象。

一房一廳、浴廁分離，附壁櫃、陽台的三十年房子。客廳四坪、房間四坪，一個人住還算寬敞，但四個人一起生活就顯得狹窄了。客廳和房間以紙拉門隔開，只要拉開就會變成一個大房間。

久米井那由他在客廳寫東西。

她的瀏海蓋住眼睛，即使在房子裡面也戴著口罩，遮住了大部分臉孔，目前正面對著手邊的平板設備，似乎正在作曲。經過一連串自修課程之後，她應該一整天都在揮灑音符。

渡利幸也坐在房間地板上，瞪著眼前的筆記型電腦。

他是一個眉毛粗獷、長臉、看起來和善的男生。他彎起長長的雙腿，正在使用直接放在地上的電腦，似乎在玩我製作的遊戲。當我倆對上眼，他就比了一個讚說「現在正精彩呢，很有趣」。

田貫凜則躺在壁櫃裡面。

她就像某貓型機器人那樣在壁櫃內起居。她那小小身體、大大眼睛在狹窄壁櫃內微微動著的模樣，讓人不禁聯想到冬眠中的動物。帶著自然捲的腦袋探出來對我說「今天也辛苦你工作了」，枕頭邊放著一本英語教科書。

正在事件中心的三個失蹤人口——從一般角度來看實屬異常狀況，但他們更像是「借住」。久米井已經是第十三天、渡利第五天、田貫第四天。

「今天的晚餐呢？」

我總之先問，他們三個人得負責做家事。

「沒有喔。」久米井立刻回答。「冰箱裡面的東西全部變成午餐大阪燒了。」

「白蘿蔔用掉了？」

「白蘿蔔用了。」

「茄子？土魠魚西京燒？酪梨？油漬蘑菇？都用掉了？」

「還有剩一片，你要吃嗎？」

「……不用了。」

我差點想遮臉。

家事裡面只有採買是我的工作，畢竟算是失蹤人口的這三個人不好光天化日之下在外活動。但是要在這麼熱的天氣去坡道下面的超市採買，然後提著買到的東西上坡回來，真的很要人命。

「堀口，拜託你啦。」渡利揮了揮手。「等你回來之後，我再好好跟你說一下遊戲的感想。」

「喔，好。謝謝。」

被他這樣厚臉皮一說，反而錯失發脾氣的時機了。

我重新扣好襯衫釦子，拿起掛在冰箱上的購物袋，抓起錢包，放進口袋。

「堀口同學。」

這回換田貫叫住我。

她從壁櫃裡面探出整個頭，用雙手抓住壁櫃邊緣，努力保持平衡。

「怎麼了？」我問道。田貫指了指冰箱。

「大阪燒真的很好吃，等等記得吃喔。」

「真的不用。」

田貫發出不服氣的聲音，再次縮回壁櫃裡面。

・・・

實際上，我覺得這樣奇妙的生活並不是太糟糕。

無論是居住空間遭到侵犯的事實、跟三個失蹤人口問題兒童有瓜葛的狀況、他們會毫無計畫性地吃光冰箱裡面的東西、想讓我吃掉足以稱為黑暗大阪燒的食物等，我全部都能夠接受。

若是之前的我，根本無法想像。

我為了忘記必須再次將身體暴露在七月酷暑之下的鬱悶，開始回想與他們相遇的情況。

・・・

一切始於六月最後一天——氣象播報宣告梅雨季節將比往年提早結束的那一天。

當時我正陷入低潮期。

在製作遊戲上發生了嚴重延遲，一件事情卡住會導致後續兩件事情跟著卡住。我無法接受敵方怪物的圖像呈現，於是將這個問題放到後面處理，先專注在程式設計的部分上，卻發現好幾個使遊戲無法進行的錯誤。我急忙修正這些錯誤，反而出現更多缺陷，甚至造成遊戲根本無法開啟。

對我而言，製作遊戲是一種治療，如果無法順利進行將影響我的心理狀態。

就像灰塵一點一滴堆積在房間那樣，鬱悶的情緒逐漸累積在我心中。若進展順利就會覺得心情舒暢，相對的則會覺得鬱悶，有時候甚至無法控制這些失控的情緒，陷入無法行動的狀態。

也就是說，這是最糟糕的狀況。

我知道自己為什麼陷入低潮。

——遊戲系統設計得太複雜。

雖然內容是勇者打倒魔王的正統派角色扮演遊戲，但這款遊戲有一個明顯的特徵。

主角的選項非常多。

面對強大魔物之際，身為勇者的主角可以採取的手段非常多。除了慣例的「攻擊」、「使用道具」之外，我還準備了很多種指令。「求援」、「忍耐」、「諂媚」、「大罵」、「偷竊」、「耍小手段」、「撒嬌」、「勸說」、「毫不留情殺害」。

這是一款小小的少年，找出可以對抗強大魔物選項的遊戲。

遊戲本身當然會變得複雜。

首先必須針對每個敵人怪物設定每一種選項的成功機率，以及在失敗時會做出的反應，當然勇者本身的等級也會影響成功機率。我必須一一設定這些參數，並將之寫在程式裡面。因為寫進來的程式碼複雜地互相影響，連我都搞不清楚哪一段程式碼會在什麼地方、產生什麼效果，漸漸擴大為我無法掌握的容量。

選項比我過去製作的兩款遊戲都還多，終於到了我無法負荷的程度。

一旦進度延遲，我的精神層面就會受影響，頭腦愈來愈茫然，搞不清楚自己究竟在做什麼。當我覺得情況不妙而想要上床休息時，只感到全身無力，像是失去意識那樣倒下。

『最近沒有收到你的報告耶？進度還好嗎？』

每天會有一條訊息傳到手機來。

我只簡短地打了三個字。

『沒辦法。』

『真假啊。』

我把過去完成的兩個作品放在網路上販賣，意外地賣得還不錯。那是讓世界各國的獨立遊戲製作者上傳自己作品的網站平台。雖然我只是為了治療自己而製作遊戲，但銷售量出乎意料，對於一個人住外面的我是一項貴重的收入來源。在社群媒體上的追蹤人數也超過了五萬，而值得慶幸的是，海外愛好家給我的評價很高。

而傳訊息給我的，就是負責銷售、宣傳遊戲的人。

我並不打算再跟對方交談，所以丟下手機，直接睡覺。到了早上還得去學校，真的很殘酷。

我就是在那樣的日子之中，第一次跟久米井那由他交談。

我倆原本沒有任何連結。直到六月三十日的放學後，前往志願指導室時，我們才首次發現彼此的共通點。

針對全國高中生發出的徵才訊息將在七月一日公告，高中三年級學生的就業活動將於這天正式開始。我們這些希望在畢業後直接就業的高三學生，必須在這之前去志願指導室領取資料，從去年的徵才單之中選出有興趣的職業，並且提交給班導。

我打開志願指導室的門，裡面已經有一個男生。

是古林奏太。

教室裡最受歡迎的他正自己翻著徵才單檔案夾，看到我之後親和地舉手示意。

我很驚訝，我記得曾聽他跟周遭表示想要繼續升學的。

志願指導室裡面有幾張皮沙發，我在古林正對面坐下。

他手邊堆著幾本檔案夾。

我想說隨便拿起來看不太好，所以試著尋找了一下志願指導的負責老師，但沒看到人。裡面的談話室門關著，老師可能正在那裡和學生面談。

「我們學校很難耶。」

古林隨性翻過徵才單。

「整個矢萩鎮都很絕望，起碼要去到萩中市，不然真的沒什麼好說的。學長姊們也都在說『很不妙』啊。」

「嗯，應該是吧。」因為他跟我搭話，所以我試著回答。不管對象是班上的誰，古林都會很親和地搭話，但我則是到今天才跟他說上話。

我也看了看徵才單。

雖說原本就不指望，但這裡盡是些據說三十歲就會搞壞腰，被戲稱為黑心企業的業界。開出最低薪資、一如既往的徵才資訊理所當然似地一字排開，古林用「絕望」來形容真的很貼切。

想想也是，如果本地企業營收狀況良好，矢萩鎮的稅收應該就會足夠，也不至於因為財政赤字而必須合併了。

「堀口你不升學嗎？」

「應該吧。」

我家的環境沒有好到可以讓我繼續升學。

古林邊說「那應該要就業了吧」，邊用手指彈了一下手上的檔案夾。「如果是這樣，移居到名古屋或者東京可能比較好吧。啊——不過，應該有很多人有同樣的想法，結果還是要搶嗎？不知道耶。」

他刻意用不那麼嚴肅的口氣說道。

不知道是不是我多慮，只覺得他的聲音裡頭帶著深沉灰色般的渾濁感。

「啊啊，對了。說到堀口你——」

當我正在評估要在什麼時機，針對這點提出詢問時，古林從書包裡面拿出一張紙。

「——合唱比賽，你星期幾方便參加練習？好歹寫一下問卷吧，只有你沒寫耶。」

我凝視著他手上的活頁紙。

合唱比賽是七月中旬舉辦的學校活動。以班級為單位對抗，在暑假前舉辦，想參加的學生會在放學後一起練習。運動社團的學生會在社團活動結束之後會合，帶著疲憊不堪的臉來練習。

古林手上的，是決定每週哪一天練習的問卷。

我毫不猶豫地，立刻用原子筆在星期一到五的每個格子上面打×。放學之後我想專心製作遊戲。

「嗯，多謝協助。」

古林簡單道謝之後，露出苦笑。

「不過你每天都不行啊，雖然很直接爽快但有夠狠耶。不想參加喔？」

「嗯，抱歉，我很忙。」

「沒關係。不過這樣吧，可以開一個交換條件嗎？」

古林一副捉弄的感覺看過來，挺出身子。

「你知不知道哪裡適合練習？可以大聲唱歌，離學校不遠的地方。」

各個班級必須自己想辦法找地方練習，以準備參加合唱比賽。學校附近的公民會館當然很搶手，古林似乎也還沒壓到時間可以借用。

儘管我很想說不知道，但既然他都說是交換條件，也只能回答了。雖然很糾結就是。

「夢幻城。」

「你別鬧喔？」

「我認真的。左右搖晃後門的門板就可以進去。」

原本只是笑著當開玩笑聽聽的古林，表情突然認真起來。

「真假……不過還是不方便去那裡練習吧，那樣不就是非法入侵嗎？」

「是啊，如果你們可以不要去的話是最好。」

因為我想集中精神的時候會去，不希望他們去弄亂那邊。

這時候，談話室的門打開。

一臉不服氣地跟在志願指導老師身後的，是認識的學生。

她是二年A班，上課時間總是在我旁邊的位置一直睡覺的女學生，田貫凜。

她跟我們對上眼之後，邊晃著自然捲頭髮邊低頭致意，吐出悲傷的嘆息，就這樣走出志願指導室。一臉要哭出來的樣子。

「她好像是因為一直睡覺才被叫來。」

古林跟我咬耳朵。

然後大大地伸了個懶腰，把手上的檔案夾放在桌上。

「我累了，差不多該走了。謝謝你提供情報啦。」

古林抓起放在沙發上的書包，從我手中拿走問卷。

這時候，我瞥到一個答案。除了我之外，也有人完全不參加練習。

——久米井那由他。

彷彿拒絕他人般刻畫的五個×記號。

確實，我無法想像她參加合唱比賽練習的景象。因為她是個總是用瀏海和口罩遮住臉，也幾乎不說話的學生。我印象中甚至沒有聽過她的聲音。

我在完全無法預測將於一小時後，看到什麼景象的情況下，悠哉地想著這些。

結果我沒能找到希望就業的職缺，幾乎用隨機亂抽的方式抽出幾張徵才單並填寫完畢後，離開志願指導室。

我無法想像懼怕世界，並總是窩在房裡的自己在外面工作的模樣。我沒有可以勝任服務業的溝通能力，也沒有能夠在工廠或營造業工作的忍耐力。我唯一的興趣是製作遊戲，但我也沒自信可以靠這個賺一輩子。

我懷著無法完全消化的情感，騎腳踏車回到住處大樓。

頭上籠罩著厚重雲層，今天早上的新聞雖然表示梅雨季節已結束，但似乎不會馬上放晴。我在開始下雨之前回到大樓，搭乘電梯來到九樓。

我好像聽到某處傳來歌聲。

輕巧昂揚、通透澄澈的歌聲迴盪而來。

好像在哪裡聽過這首歌。

我沒想太多，取出自家鑰匙。

我是第一次在這棟大樓聽到歌聲，應該是住戶之外的某人在唱歌吧。我一邊回想這是哪首歌，一邊來到走廊底端的906號房。

我豎耳聆聽，歌聲從正上方傳來。

我不禁抽了一口氣。

並想起這棟大樓的傳聞，儘管寬敞卻房租低廉的原因，並不是因為離車站遠、位置不好、是三十年的老舊房子，且眼前就是愛情賓館的不良環境造成。

而是這裡是自殺勝地。

在幾乎沒有高樓的矢萩鎮上，甚至連跳樓自殺都很難。五層樓以上的建築物大多是保安機制完善的高層大樓，也都有保全進駐。

我是能理解與其去跳軌給電車撞，還不如從這棟建在山丘上的大樓屋頂跳樓的心情。

我只猶豫了一下下，腳自己先動了起來。如果是我誤會，還可以笑著帶過。

我使出全力奔上樓梯，即使來到最高樓層的十樓，歌聲還是從上方傳來。

果然有人在屋頂唱歌。

我伸手抓上走廊底端的爬梯，往上爬去。

第一次看到的屋頂上除了水塔之外什麼也沒有，只有一片灰色地板延伸，讓人覺得屋頂與陰天的界線曖昧不清。

一位身穿制服的少女站在那兒，在屋頂中央展開雙手歌唱。

「久米井同學？」

我從那很有特徵的長長瀏海判斷。

在屋頂上歌唱的少女，是我的同班同學。

她似乎也馬上發現了我，停止歌唱，唰地拉起原本掛在下巴上的口罩，轉過頭。

我倆對上雙眼幾秒，彼此都沒說話。

我只是一直看著久米井的長髮在風吹送之下散開的模樣。

「……你是誰？」先說話的是久米井。

我第一次聽到她的聲音。

「跟妳同班的堀口。」

「啊，是喔。」

「我住在這裡，然後聽到歌聲，覺得有點在意……」

我走近久米井。

她覺得很不好意思似地低下頭。

「對不起……我的歌聲很吵吧。」

「我並不這麼覺得。不，問題不在這裡。」

久米井難道想帶開話題嗎？

但我不能忽略眼前的問題，心跳愈來愈快。我吸了一口氣，握緊拳頭問道：

「妳在這裡原本是想做什麼？」

久米井不發一語。因為她戴著口罩，所以看不出表情變化。

「妳該不會……」我的聲音微微顫抖。「想要跳樓吧？」

久米井搖搖頭。

「不是。」

我沒辦法繼續追問是不是真的。

「……那就好。」

她的身體看起來很嬌小，要是再追問下去，感覺會弄壞她。

不知為何，我想起那個夏天。

七年前，我看著乾枯的四肢，茫然發呆的那個傍晚。可能是久米井無精打采的聲音，讓我想起那纖細的手臂吧。

討厭的記憶閃爍，讓我停止呼吸。

這狀況很像我的症狀發作，我只能靜靜地等待這次的情緒大浪平息。

因為我突然不說話，久米井好像也覺得話就說到這裡。

「那先這樣。」她邁開腳步。「請你忘記在這裡發生的事情。」

聲音小到勉強才能傳進我耳中。

她在哭嗎？

我忍耐著激烈的心跳，目送從我身旁經過的久米井離去。

她逃跑似地快步走到屋頂邊緣，並為了走下爬梯而轉身。雖然我覺得在這一瞬間好像看到了她的臉，但因為她的瀏海很長，沒能看清表情。

——這樣就好了嗎？

我深呼吸，讓心情平靜。

久米井身上很明顯有什麼問題。

但我不覺得我能夠解決，只會製作遊戲的自己能做些什麼？

當我這樣讓自己接受現況時，發現了一件遺失物品。我靠過去，那裡擺著一個白色信封，上面壓著一個石頭。

我一直看著那白色信封。

在夏日陽光照耀下的白讓我聯想到死亡，像是白骨和壽衣的顏色。

我緩緩靠過去，輕輕打開信封。

——想要從世界上消失

當我讀到寫在活頁紙上的那行字時，我整個人彈起來，衝了出去。

我一邊爬下爬梯，一邊想到她在問卷上畫的×記號。那該不會不是要說自己有其他事情，而只是想表態自己已經不在這個世界上了呢？

久米井還在十樓走廊等電梯。她看到我奔了過去，有點慌張起來。

我靠過去，發現她眼睛紅腫。

「我正在製作遊戲……！」

我呼吸紊亂地說。

「是一款有比方像『戰鬥』、『忍耐』之類，很多指令的角色扮演遊戲。思考這些指令已經變成我的習慣。我在學校會一直想像，然後因為我一個人住，回家之後也總是投入所有時間製作。那是一款很惡劣的遊戲，敵人很多，主角很容易死，難度設定高到連我這個設計者都覺得『這種世界別鬧了吧？』的程度，很討厭、很難熬、很痛苦，但仍要想辦法，在這不安定且恐怖的世界裡面生存下去，就是這樣的遊戲。」

我甚至沒有換氣地一口氣說完，才能好好調整呼吸。

「妳要不要玩看看？我家就在樓下。」

久米井愕然地睜著眼，整個人僵住。

我後來才聽說——我講了這麼一大串，這時的久米井一個字也沒聽進去。據說因為我說太快，她有一半以上都聽不懂。

吸引她注意的，只有「我一個人住」這項情報。

「堀口同學。」久米井低語。「拜託，今天可以讓我借住嗎？」

然而——久米井害羞地表示，自己因為這樣而獲救。

・・・

結果，久米井待了三天都沒回去。

第三天早上的班會，班導女老師一臉哀傷地表示：

「久米井那由他同學失蹤了，如果有人有消息，請告知校方。」

她就是二年A班出現的第一個失蹤人口。

班上同學帶著興奮的表情開始談論。

有些人笑著說「綁架啦」、「失蹤喔」，也有人咬定「只是離家出走吧」。大多數班上同學都認為是後者。

班導也沒有勸阻，開始公告期末考試的注意事項。

午休時間，班上學級委員的波多野在班級LINE群組發訊息表示『如果知道任何跟久米井同學有關的消息，請知會野口老師』，但沒人回應。後來有別人留言告知其他聯絡事項，波多野的訊息就被洗掉了。

我持續假裝成因為失蹤消息而感到困惑的學生。

愛吵鬧的高橋與柴岡拍檔，在我的座位附近激動地就「這一定是事件」開始討論，但經過的古林卻罵他們說「你們很吵耶」。古林的跟班們笑了，旁邊位子上的田貫一副不干己事的態度繼續睡覺。教室的景象一如往常。

即使一位女高中生消失，似乎也就是這樣。

我領悟到，並不會因此有什麼改變。

在有點失落的同時，也感覺有些寂寞。

——即使一個孩子消失了，這個世界仍能正常運作。

過去已經體會過的痛在心中躁動。我必須再設計一隻新的魔物，才能發洩這股情緒。

當天放學後是環境美化的活動日。

我負責清除指定區域的雜草，撿起垃圾。

雖然這種打雜工作只是浪費生命，但因為學校規定學期中一定要參加一次美化委員會，所以我也只能不情不願地接受。

跟我一樣擔任美化委員的，是一個名叫渡利幸也的男生。

他完全沒有表現出厭惡態度，在分配到的停車場區域，用夾子撿起掉在花圃或石地板縫隙間的垃圾。

雖然我們一個月會碰面一次一起工作，但我沒跟他說過話。

我從來沒想過要跟他人好好交流。

但我之所以停下手，是因為在蹲在圍牆旁邊的他脖子上，看到奇怪的東西。他手上捏著一張紙屑，只是這樣還沒什麼，但他脖子附近有一團暗紅色的瘀青，簡直像是被人掐住過脖子那樣。

「堀口，你怎麼了？」

渡利似乎察覺我在看他，對我這麼說。

「不，沒什麼。」

我反射性地帶過去。

「你該不會是在意這個？」

渡利這樣說，拿著一張揉得皺巴巴的傳單給我看。似乎是被風吹到校園內來。

「啊，嗯，我想說你在看什麼。」我說了個謊，接過傳單。

傳單上面印著彷彿直接將顏料擠上來的鮮豔色彩，上面排滿了各種爆炸字框和誇張的字形文案，亂七八糟的很難閱讀。

「降低生活保障受惠者的給付金額」、「讓市民互相監視」、「建議舉發惡意領取給付行為」、「壓迫本鎮財政的寄生蟲們」、「不能原諒毀掉矢萩鎮的傢伙們」

我看不下去，直接丟進垃圾袋。

我曾在車站前喊著同樣論調的集團。他們的意思是說，矢萩鎮之所以會消失，是把太多錢花在福利上面了，也就是所謂的抗議生活保障給付。

「我在停車場發現好幾張這個傳單喔。」

渡利用夾子指了指圍牆邊，確實可以看到好幾張沾滿泥巴的傳單在那裡。因為溼掉而導致墨水暈開的傳單，看起來很像毒性強烈的花瓣。

「他們該不會來學校附近發傳單吧。」我聳聳肩。「感覺有點討厭。」

「我懂，有點討厭。」

知道有人竟然會花費力氣發派這些傳單，讓我受到相當打擊。我手心冒著汗水，靈巧地動著夾子，以便讓它們快點從我眼前消失。

渡利也同樣動著手，嘀咕了一聲「久米井同學啊。」

我抽了一口氣看過去，只見他一臉憂愁地繼續做事。看來只是想要閒聊。

「我想說，久米井同學是不是看到這張傳單了？」

「……你為什麼這樣想？」

「可能因為看的人不同，會產生想要消失的念頭吧。」

看他抿著嘴的樣子，我感受到一些不一樣的東西。並不是單純閒聊的切身情緒，從他臉上的表情滲透而出。

我想起在屋頂上看到的，久米井那彷彿要消失時的臉。

「渡利你——想要消失嗎？」

「是啊。」渡利馬上回答。「可以的話真想消失。」

我又用夾子撿起一張傳單，塞進垃圾袋裡面。

回家之後，空調的冷風迎接我。

浴室方向傳來流水聲，應該是久米井在淋浴吧。我抱著奇妙的心情，放下背包。

她今晚似乎仍打算住在這裡。

從她在屋頂說「可以讓我借住嗎」之後，久米井先回家一趟，帶了外宿行李過來。我原本以為她很快就會回家，但三天過去了，她仍然待在這裡。我後來才知道，她原本就準備了好幾天的換洗衣物帶過來。

原則上她有跟我解釋。

「我家附近有變態，讓我躲幾天。」

第一天晚上她這樣說。為了躲避惡質跟蹤狂，所以想過一段與世隔絕的生活。雖然我不清楚是真是假，但她似乎不希望我過問太多，所以我什麼也沒說。

我確認放在客廳茶几上的電腦。

畫面上開啟的是音樂編寫軟體。雖然上面有不少樂譜，但我看不懂。我試著按下播放按鍵，一段厚重的音樂流出。一邊聽著在漆黑洞窟裡一步、又一步響起的腳步聲回音，一邊用手扶著被水潤溼而顯得冰冷的岩石表面，慢慢前行——這樣的景象浮現在我眼前。

她在我家住下來的第一天，我試著讓她玩我製作的遊戲。她雖然沉迷地玩了一、兩個小時，但途中好幾次繃起臉，最後停下。

「是很好玩沒錯。」她顯得有些難以啟齒地說：「但音樂很糟糕。」

我說不出話。

我沒有什麼音樂素養。不論在哪個場景，我只是找些無版權的配樂搭著用。但畢竟都是些現成的音樂，不可否認總有氣氛不搭的問題。

「我幫你寫吧？如果你有安裝音樂編寫軟體的話或許可以。」

她以說笑般的速度，不出一小時就譜出一條簡單的背景音樂。她表示願意幫我的遊戲譜曲，用來當作住宿費。

考慮到之後遊戲要拿出去販賣，能提高品質自然不是壞事。她沒去上學的這段時間會負責作曲，有時令人激動、有時令人不安的音樂，刺激了我的創作欲望。

「……跟在教室給人的感覺完全不同呢。」

我不禁自言自語。

在教室角落不發一語，有如幽靈般的少女——這應該是久米井那由他的評語。然而與她一起生活之後，才發現她是個能正常地跟人交談的女生。她能夠明確地表達需求，而當我為她做了些什麼，也會表示感謝。

我沒理由要刻意趕走她。

就算她因為到校時數不足而無法升到下一個學年，也不是我可以置喙的事。多了一個人增加的餐費和水電費等，可以靠販賣遊戲的收入補貼。

很可怕的是，我爽快地接受了這樣的狀況。

「啊，你回來了啊？歡迎回家。」

浴室門打開，脖子上披著浴巾的久米井露臉。她身上散發的潮溼熱氣，與冷氣的風混合。

她身上穿著從家裡帶來的T恤和學校的運動外套，從冰箱取出麥茶，用髮帶往上固定住平常總是蓋著臉的瀏海。白皙的頸項和秀氣的眼鼻外露，也沒有戴口罩。

我無法別開目光。

「什麼事？」久米井皺起眉頭。

「妳的臉。沒有瀏海和口罩遮住的話，原來是這個樣子啊。」

她輕輕「啊」地唉了一聲，並急忙拿下髮帶，但後來像是放棄了似地重新戴好。

「嗯，就是這樣。」

「給人印象很不一樣耶，原來妳是個美少女啊。」

久米井明顯皺起眉頭。「你是在向我搭訕？」

「不是這樣。」我輕輕揮手。「我只是單純這樣想罷了。如果妳不想我過問的話，先說聲抱歉。」

可能跟她平常遮住臉的原因有關。畢竟她也說過有跟蹤狂，我不禁反省自己似乎不該隨便提起此事。

「你不用道歉。」

久米井將麥茶倒進杯中，就這樣站在客廳茶几的旁邊。因為只有一張椅子，一旦我坐了，她就無法使用椅子。

尷尬的氣氛流過。

我不知道該過問久米井的問題到什麼程度，雖然我們一起生活了三天，但我依然完全不了解她。

我想我如果問，她應該願意告訴我吧。例如用「我不想再跟莫名其妙的人同住，妳說清楚理由」之類的方式。

但這樣問簡直是威脅，跟以暴力方式逼人就範沒有兩樣。

我有點不知道怎樣正確地對應突然住進自家的班上同學。

「我問你。」久米井說道：「我該不會給你添麻煩了？我還是離開比較好嗎？」

她可能從我不發一語的態度中感覺到些什麼，覺得有些抱歉地別開目光。

「妳離開得了嗎？」

久米井沒有立刻回答。她抿著唇，晃著手上著杯子。

我在奇妙的罪惡感驅使之下，補充一句「我不會說出要妳馬上出去這種話。」

實際上，我很感謝能譜出高品質配樂的久米井。但我想就算我這樣說，也無法消弭現在的尷尬吧。我知道這樣的同住狀況並不一般，而每次意識到這一點就會緊張起來。

不過即使如此，我仍希望久米井留下。

我深深被她譜寫的曲子吸引，即使要背負一些風險我也願意接受。

還有，我無法忘記她在屋頂上時表露出來的，彷彿壞掉一般的眼神。那就像是懼怕這個世界，七年前的我自己一樣。話說班上也有好幾個人有著同樣的眼神，他們是否也抱持著跟久米井一樣的苦惱呢？

「是說，如果妳不介意，我有個提議。」

腦中突然浮現一個點子。

「什麼？」久米井回問，我說道。

「——我能不能增加住進這裡的人？」

雖然不能說很有常識，但對這時候的我而言，是很自然的判斷。

有個人讓我有點在意。

過完週末後的週一，我試著找機會跟對方搭話。他在下課鐘響同時離開教室，並且不知為何獨自前往體育館。追著他過去的我在途中被來往的學生阻撓，差點就要跟丟人。

那個人就站在體育館旁邊的垃圾場。

是渡利幸也。

他就像是要縮小高個子身體一樣彎腰，正在翻找垃圾袋。

「怎麼了？」我搭話。

渡利驚訝地抬起臉。

他腳邊散著一堆垃圾。垃圾袋被打開，保特瓶、紙屑、課堂講義等排列在地面上。

「沒有啦。」渡利有點害臊地搔了搔耳垂。「這是我們社辦丟出來的垃圾，但根本沒有做好分類。然後當我打開這包垃圾之後，我就在意起其他包垃圾的狀況。」

「這樣啊。」我平淡地回答。「我幫你吧。該開哪一包？」

「沒關係啦，我自己來。」

我無視他的話，打開眼前的垃圾袋。裡面確實滿亂的，玻璃瓶、鋁罐和紙屑都混在裡面一起丟。

渡利很規矩地將垃圾分類後，把發給學生的傳單或講義之類的塞進空袋子裡，破破爛爛的錢包和開口笑的運動鞋則放去另一個袋子。途中看到壞掉椅子的大型殘骸，忍不住苦笑，然後丟進塑膠物品專用垃圾箱。

他那很像演戲的動作讓我看不下去。

「我說渡利啊，你為什麼要把錢包和鞋子分開？那應該都是可燃垃圾吧。」

他停下手。

我也不管三七二十一，搶下他放在腳邊的錢包，裡面沒有錢，只有「渡利幸也」的學生證。仔細看看開口笑的運動鞋，可發現那是一雙籃球鞋。

他應該正在從垃圾場找回自己的東西。

我想起他脖子上的瘀青。

「——你是不是在籃球隊被霸凌了？」

渡利一副不知該如何回答是好般尷尬地看著我的臉，保持沉默。他的眼神是那麼軟弱，跟高大的身體非常不搭調。

我理解我的推測沒有錯。

我很意外，雖然不知道是誰弄傷他，但我沒想到竟是籃球隊的人。

因為籃球隊一定有隊長。

「古林知道這件事嗎？」

「……他不知道。」渡利哀傷地低語。

「你有沒有人可以商量？比方家長或老師之類。」

渡利微微搖頭。

我繼續問。

「你被威脅了嗎？脖子上的瘀青就是這麼回事？」

「……你可以這樣認為。」

他一臉苦悶地說過的「真想消失」這句話在耳邊甦醒。

我告訴他事先準備好的台詞。

「我說渡利，如果你真的想要消失，我或許可以幫助你。」

我簡短地對一臉困惑的渡利說明。

我點頭回應皺起眉頭確認「你當真？」的渡利。反正借住的人從一個變成兩個也沒太大差別，而且借住的人變多之後，久米井或許就不會覺得這麼虧欠了吧。

就算不考慮我的想法，我也是很擔心很難過地嘀咕著「真想消失」的渡利。

「讓我考慮一天。」

他認真地回答我。

「畢竟家人會擔心，既然要做，就得做好覺悟。」

我聽完他這句話，再次頷首。

他安心地放鬆表情，並說「謝謝你關心我」。

隔天，渡利決定來借住。

我另外還又詢問了一個人。

我從通訊錄裡的電話號碼找出對方地址前往。幸好離我家不太遠，走下大樓前的坡道之後馬上就到了，大概是走路十五分鐘左右的距離吧。

那是一間兩層樓高，有大院子的日式獨棟平房，門口停著一輛上面貼有學校指定貼紙的黑色腳踏車。我有些焦急地心想對方該不會已經回家了吧？此時，我想找的人正好騎著腳踏車過來。

「堀口同學？怎麼了嗎？」

田貫凜發出憨傻的聲音縮短距離過來，並以困惑的眼神看著我。

「我想跟妳仔細解釋一件事情，能不能讓我進去？」

我這樣建議，田貫的表情突然沉了下來，一副覺得很尷尬的態度繃緊臉頰，並且不安地瞥了自家一眼。

這樣的舉止讓我察覺她家也是有點問題。

我們於是移動到附近的神社，在長椅上坐下。

我簡單說明狀況。雖然一度猶豫該不該說，但我除了老實告訴她久米井那由他正躲在我家一事之外，也說明雖然難免有點擠，但還能讓她住進來。

「呃，說起來。」

田貫以茫然的聲音說道。

「為什麼找我？我跟你之間應該沒有什麼連結吧？」

「我覺得妳看起來需要幫助。」

我明確地回答她的問題。

我還記得她從諮詢室走出來時的表情，苦澀地咬著唇，看起來很失意。

田貫愕然地張著嘴，僵住了一會兒。

「我當然不會勉強妳。」

我盡可能以平穩的口氣繼續述說。

「我只是因為擔心而跟妳搭話。妳之所以白天一直睡覺，應該是家裡有什麼狀況吧？還好嗎？」

田貫一整個學期的課堂幾乎都睡掉了。

我在隔壁的座位上，看過好幾次她被老師罵的時候，一副快要哭出來的模樣。

她彷彿忍著痛一樣握緊了雙手，額頭上冒出汗珠，並不時用右手撥動一頭自然捲頭髮，然後呼好幾次氣。

「妳可以慢慢考慮，我會等妳。」

然後田貫確實想了很久，快要一個小時吧。

仍然高掛天空的太陽散發強烈的光芒照耀著神社境內，玉砂利（註2）熠熠生輝。我只是坐著，也感覺到身體逐漸冒出汗水。

「…………老實說，的確有點想考慮看看。」

田貫勉強擠出聲音低語。

渡利和田貫帶著最低限度的個人物品來到我家。渡利看到房裡的久米井後很是驚訝，而隔天放學之後來的田貫則是看到渡利之後僵住。理解狀況之後，兩人於是低頭互相說「請多多指教」表示善意。

於是，借住人口增加到三人。

我讓他們自己決定要借住到什麼時候，至於因為他們入住而增加的生活費，靠銷

註2：日本神社參道上的小碎石路面，可除穢驅魔。

售遊戲獲得的存款支付也足夠。

田貫擅長料理。第一天晚餐就是她活用了冰箱裡的食材，弄了蔬菜培根蕃茄醬義大利燉飯。只吃過即食食品的我，和只會做炒飯的久米井大大稱讚了她。

因為客廳椅子數不足，所以我們直接坐地板，盤子也放在地板上。這天的晚餐美味到讓人絲毫不在乎這樣亂七八糟的環境。

教室當然因為新出現的失蹤人口而騷動，但我仍佯裝無事，繼續學校生活。

——這樣的生活真不錯。

除此之外沒有其他更貼切的說法了。

久米井接連譜出無比帥氣的曲子，但她似乎還是不想露臉，所以在田貫和渡利面前總是很小心地生活。

另外她也對我正在閱讀的書本有興趣。

我的電腦旁邊基本上會放著《排斥社會》。她拿起書本，一臉平常地說「這是怎樣的書？簡單介紹一下吧。」

結果變成我得抱著頭煩惱，並努力想辦法解說一本超過五百頁的書籍大概是什麼樣的內容。

渡利非常熱中玩遊戲。他似乎會在我去上學的時候一直玩，而且不只玩我正在製作的遊戲，連過去的作品都拿出來玩。

「很有趣耶。」

他每次都很興奮地跟我說。

「這不是我客套，你的遊戲是我至今玩過的所有遊戲之中最棒的。原來遊戲這麼有意思啊。我至今都沒有好好玩過遊戲，這感覺好新奇喔。」

像這樣寶貴的輕度玩家的意見，其實非常具有參考價值。他不只陳述感想，還會毫無忌憚地提出「也許改成這樣比較好」之類的改善建議。

到了晚上，他會頻繁地外出。他似乎不活動身體就會覺得怪怪的，所以會到附近公園勤練籃球。

我好幾次被迫陪他練習，負責防守，但完全守不住。他投出的三分球弧線非常美麗，讓我覺得他沒能融入籃球隊實在可惜。

「我在這附近可是數一數二的高手喔？」他害羞地跟我表示。

田貫凜則有著意外的一面。

老實說，我最無法理解她。即使開始了失蹤生活，但她仍繼續貫徹「愛睏狸貓」特質。據久米井所說，就算我去上學，田貫也是一直關在壁櫃裡面睡覺，似乎過著日夜顛倒的生活。

「堀口同學，你在煩惱什麼？」

這樣的她，某天晚上對著正在電腦前「嗯嗯啊啊」的我說。

「我不會寫英文。」我給她看了看電腦畫面。「國外粉絲向我回報遊戲的錯誤。雖然我勉強看得懂，但無法回信。我想說『如果有留著存檔檔案，希望你能傳給我。』……這應該要用ＩＦ開頭嗎？」

因為我的遊戲也有開放國外銷售，所以常有粉絲會發訊息過來。雖說透過翻譯軟體就大概能讀懂他們寫些什麼，但回訊的時候就必須多加注意。我有過一次發出亂七八糟的英文，結果惹對方不高興的經驗。

當我抱頭煩惱時，她迅速地敲打鍵盤。

「Could you send me save data please?　我想這樣對方就能充分理解了。」

我嚇到，她的發音非常標準。

田貫用一副這沒什麼的態度，開始準備今天的晚餐。

雖然她會跟久米井換班做飯，但田貫的料理非常美味。只不過燉煮到熟透的菜餚有些太軟了就是。

這三個人分別享受著各自不同的失蹤生活。

我自己也覺得這樣還不錯，跟他們一起晚餐，享用剛做好的菜餚。即使只是這樣簡單的小事，但對於過去都是一個人吃泡麵的我而言，已是難以想像的時光了。

跟三個興趣、關注事情都完全不一樣的人說話很快樂。渡利和久米井熟悉演藝圈消息、我關注時事、田貫則熱中於分享動畫和漫畫資訊。

關於我製作的遊戲，則是全體都能加入的話題。

「話說堀口同學的遊戲是不是有點卡住了啊？我看你最近總是會在電腦前面抱頭煩惱耶。」

在這個主菜是馬鈴薯燉肉的晚上，田貫笑著問我。

「超級卡關。」我立刻回答。「雖然多虧有久米井的音樂提高了整體品質，但系統很尷尬。只要增加一個指令，就會變得更加混亂。」

「要不要試著增加強弱感？」久米井建議。「雖然學會很多種指令也很好，但要不要試試看設計一種比較強勢的指令呢？」

大家針對故事和角色的刻劃熱絡討論，也為了替正陷入遊戲製作低潮的我，尋找突破的契機。

「我喜歡『逃跑』。」

渡利覺得很有意思地建議。

「畢竟我們三個都逃避了。如果逃避能夠達成好結果，應該也是滿值得高興的。」

聽到渡利這樣提議，田貫和久米井都拍手表示「這樣好像不錯」。

我直率地覺得這樣也許不錯，比起毫無目的性地增加指令，不如讓指令有強弱之分。

我透過聊天方式，整理了當下的煩惱，得以用清晰的頭腦思路著手程式設計。在我處理程式設計工作時，其他同住人也會保持安靜。因為有別人幫忙做家事，我自然可以集中精神製作遊戲。

於是自然地擺脫了低潮。

從邀請渡利和田貫來之後，一個星期轉眼間就過去了。

・・・

回想完至今的來龍去脈，我在超市採買大量食材後，再次回到906號房。我不會過問他們想過多久失蹤生活，但我採買的食材塞滿整個購物袋，足夠讓他們在這裡過上一段時間。

開門之後，三個借住的在幾乎跟方才同樣的位置上，對我說「歡迎回來」。

我說「超市有好玩的東西」，並把買來的桌遊丟給渡利。那只是一款包裝跟撲克牌差不多大，要價不到一千日圓的產品，但渡利和田貫馬上表現出好奇的態度。

我突然想要嘗試看看至今沒體驗過的遊戲。

最近製作遊戲的進展順利，我覺得自己的心理狀況也很正常，應該可以稍微休息一下。

「服務精神。」坐在客廳茶几前的久米井說。

我看過去，她苦笑著又說：「堀口同學真了不起呢。」

「因為你真的接納了我們，一般來說是做不到的。」

「跑來借住的當事人講這話對嗎？」

我為了掩飾害羞而隨意回應。

當然，我並非忘記現在騷動愈演愈烈，警察可能遲早會採取行動，學校和監護人的反應也愈來愈嚴肅。

「我說，堀口你總是在想些什麼呢？」久米井問道。

「想什麼是指……」

「我覺得我好像想要稍微了解一下你了。」

久米井用手撐著臉頰，投來窺探般的目光，從瀏海的縫隙可以看到她的大眼睛。即使我驚訝地回視，她也沒有別開雙眼，所以我能夠一直欣賞她那端正的眼睛。

「沒有想什麼了不起的事情。」我低聲說。

「只不過我過去也有過一段無法去上學的時間。」

「你不想去學校嗎？」

「……對，比較接近這樣。」

嚴格來說不是，而是我有一段時間被當成失蹤人口。七年前的夏天，校方和兒童相談所（註3）都沒能找到我。

「所以我明白『想要從世界上消失』是什麼感覺。」

久米井「喔～」了一聲。

「堀口你真是個怪人。」

「我希望妳不要下這麼隨便的結論耶，應該說妳有資格說我嗎？」

我這樣說，久米井覺得很有趣似地笑著說：「我鬧你的啦。」

「別說這些了，再過十天就要放暑假了吧。」

「你們打算待到什麼時候？雖然我沒差就是。」

「一旦放暑假，就不用在意上課時數了。有種得以解放的感覺。」

「原來妳有考慮升學啊。」

「從這裡看得到煙火嗎？」

註3：基於日本兒童福祉法，設置於行政單位中，其權限有接受與兒童相關的家庭養育相關諮詢、兒童與家庭相關的調查與判定、針對兒童及照護者提供必要的指導、對來自需要保護家庭的兒童提供暫時保護與之後的親子隔離安置的執行。在防止兒童虐待上，扮演著主要角色。

「看得到喔，而且滿漂亮的，雖然隔著一間愛情賓館就是。」
「那倒是也挺有氣氛的。」
「這樣嗎？」
「不覺得在現在這樣的生活狀況之下，不管看什麼都很有氣氛嗎？」
我們不著邊際地歡笑聊天。
田貫的聲音從房間裡面傳來。
「堀口同學，你家有沒有剪刀？」
我看過去，就看到渡利正辛苦地與桌遊包裝的收縮膜搏鬥。
「不在那附近嗎？從那個筆盒拿吧。」
「不過我發現了一把小刀。」
「小刀？」
我大聲說，久米井在一旁也做出同樣反應。
田貫手上拿著一個皮製套子和一把求生刀。那是一把刀身有二十公分以上，相當大的求生刀。刀身反射著天花板的照明光線，讓田貫覺得有些刺眼。
「在哪裡找到的？」我這樣問，田貫指了指壁櫃上層的枕頭架。

「這不是我的。」我立刻回答。「是誰帶來的嗎？」

渡利和久米井都搖了搖頭。

不適的汗水滑過背部。

「前一任住戶忘在這裡的？」久米井這樣問，我只能曖昧地肯定。田貫低聲說「總之我先收起來」，並將求生刀放回皮套裡，丟在枕頭架上。「話說今天晚餐是我負責呢。」渡利為了舒緩這尷尬的氣氛而往廚房去。

起碼在那一天，什麼都沒有發生。

・・・

要說我們太樂觀，或許正是如此。

儘管自覺異常，卻仍接納了這樣的反日常。原本覺得反正就是高中生離家出走，只是三個高中生消失個一、兩星期，也沒有做出什麼真的能定罪的事。即使事跡敗露，頂多就是被風紀老師狠狠教訓一頓，並且寫悔過書吧。

然而，狀況開始改變。

要說哪裡不好，應該就是我在毫無計畫的情況下隨便招人過來吧。

在消失了一個人、兩個人、三個人的教室裡面，出現了新的失蹤人口。

那個人在七月十五日夜晚消失，二年A班出現第四個失蹤人口的消息在一時之間引發了騷動。而他，在七月十六日中午被發現。

第四位失蹤人口——古林奏太的遺體被找到了。

古林奏太的照片放在殯儀館大廳正中央，顯得有點害臊地笑著的照片，裱在裝飾了白色蝴蝶蘭的相框裡面。他身上的衣服應該是中學時的制服，臉孔感覺比現在稍微稚嫩一些，臉上的笑容與相框上的白花是那麼地不搭，這種不協調的感覺令我非常不能接受。

發現他的遺體後兩天，二年A班中止上午課程，全班參加了他的葬禮。我茫然地列隊在啜泣聲迴盪的殯儀館內，祈禱他一路好走。但要說我是不是真誠地為他追悼，其實並不然。

我心中充滿困惑的情緒。

他的死訊實在來得太突然，而且充滿謎團。

・・・

七月十七日早上，剛來到學校的我發現教室正在騷動。

我一如往常地踏入教室，馬上就察覺不尋常。總是熱絡地聊著連續失蹤相關八卦的班上同學，顯得比平常更困惑。

沉重而軟弱，長久在耳邊縈繞的聲音交錯著，也有同學在哭，氣氛比平常更冰冷個兩、三度。

我順口問了正好在旁邊的班長波多野，他壓低了聲音說：「古林好像死了。」

我有種全身血液結凍的感覺。

後來班會開始，班導說明了狀況。

從七月十五日晚上就聯絡不上的古林奏太，屍體是在廢棄飯店「夢幻城」的停車場被發現的。他應該是進入建築物內，從三樓摔死的。

老師表示本班明天要參加葬禮，班會結束。

大家根本無心上課。

跟古林特別要好的高橋驚訝得整個人僵住，並跟同樣和古林比較親近的今井和須藤等運動社團成員交談著；柴岡和真田正在安慰那個名叫矢追、不禁哭出來的女生，從矢追的態度可以看出，她應該喜歡古林。教室角落有人正在把手機拿給其他人看，似乎已經上新聞了。聲音比較高亢的三島與佐伯作出反應，其他同學也跟著低聲呻吟。三島基於好意，將新聞網站的網址貼在了班上的ＬＩＮＥ群組裡。

我也跟其他同學一樣，點開了新聞網站。

在地方新聞網頁版的網站上，刊載了大致上跟班導說明同樣的內容，但還是有新情報。

——被害人應該是被銳利凶器砍傷之後墜樓。

我突然感到一陣寒意。

我利用手機逛了幾個新聞網站，都刊載了同樣的情報。

——警方正在搜索可能出現在現場的人物。

田端在旁邊的位子上嘀咕。

「……這不就是他殺嘛。」

既不是自殺，也不是意外，古林奏太像是遭人殺害。

教室內的聲音如洩洪一般無法停歇。

「他殺？」「天啊。」「為什麼知道是被銳利凶器砍傷？」「一定是遺體上面有傷痕吧，只要看到屍體就可以知道了。」「那真的是殺人案了喔。」「犯人是誰啊？」「怎麼可能知道啊。」「我就是在這樣的前提下問的啦。」「失蹤的三個人會不會也有關聯啊？」「不覺得應該不是偶然嗎？」「那渡利他們是犯人？」「或者說他們三個也已經被殺害？」「太糟糕了吧。」「說穿了，他們是真的失蹤了嗎？」「這麼一來古林是第四個人？」「還會有人消失？根本恐怖片了吧。」「可這是現實喔。」「合唱比賽要停辦嗎？」「一定會停吧。」「會不會是渡利殺了他？」「為什麼？」「呃，這只是聽說，籃球隊裡面好像有霸凌。」

話語交錯穿梭。

古林的死疑點太多，以致於大家無心哀悼。比起悲傷，興奮之情更加強烈。班上同學刻意背對古林的座位不看過去，並丟出空洞的推測。在這個被聲音填滿的空間裡面卻沒有古林的聲音，實在空虛。

我甚至覺得連要站著都很痛苦，於是在第一堂課開始之前先行早退。

我使出全力踩腳踏車，回到大樓。並因為感覺動得格外慢的電梯而煩躁，衝進自家。

借住三人組在開了冷氣的房裡自習。他們分別在客廳茶几前、房間和壁櫃這三個固定位置打開教科書。

三人以驚訝的表情看著滿身汗水衝進來的我。

「你們有看新聞嗎？」我馬上問。

三人以莫名其妙的表情看了看彼此，看來還不知情。田貫說出非常合理的原因「因為堀口同學你家沒電視啊」。

我告訴他們班導所說的消息，包括古林已死，以及大致上的狀況。

他們立刻衝到客廳的電腦前，連上新聞網站。

地方媒體把這條新聞刊載在首頁上，也放了矢萩鎮立高中的老舊校舍照片。新聞沒有提到古林奏太的名字，只寫了「十七歲高中男生」，讓我有種無法接受的感覺。

久米井摀著嘴一動也不動，渡利發出了「不是吧」的聲音，田貫則靜靜地站著，凝視畫面。

「我們沒空悼念他。」

我先讓電腦休眠。

「該怎麼辦？這毫無疑問是大事一件，當然我並不清楚詳情，不過我們應該要考慮最糟糕的狀況。」

「最糟糕的狀況？」田貫問。

「你們背負了殺人嫌疑。」

三人沒什麼反應。

雖然三個人都露出了各自不同的嚴肅表情，但沒有人立刻採取行動。

「你不覺得這樣跳太遠了嗎？」

渡利困擾地扭了扭頭。

「為什麼跟這件事情無關的我們會被當成嫌疑犯？」

「這只是最壞的打算，但教室裡面已經有人聯想到這邊來了。警方也很可能會把這件事情跟失蹤案件連結，我覺得你們應該在事情變成那樣之前先回家一趟。」

「是這樣嗎？」田貫發出悠哉的聲音。

「我們最好多方考量各種可能性，實際上我們並不會知道警方將採取什麼樣的行動。」

警方有可能不把失蹤當成單純離家出走看待。至今為止，他們三人的失蹤狀況只對家庭和學校造成影響，而那是他們當事人的責任。然而一旦事情扯到可能跟殺人案有關聯的話，就超過了我所能判斷的範疇，我並不想干擾警察的搜查工作。

我們應該認定就是運氣不好，並且終止這樣的生活。

「不，堀口，如果是這樣你更應該讓我們留在這裡。」

渡利懇求般說道。

「也就是說有些人已經把我們當成犯人了吧？我不想在這樣的狀況下回去學校。」

「我可以理解你的心情。」

「犯人很快就會抓到了啦。」

久米井和田貫在說話的渡利身邊表示同意似地保持沉默。

她們的意見似乎跟渡利相同，難道是我想得太悲觀了嗎？

「能不能給我們一點時間思考？」

久米井舉手表示。

「老實說，包括古林死去的消息在內，資訊太多了，有點恐慌。先讓我們冷靜一下。」

這句話讓我也恢復冷靜。「說得也是，抱歉。」我道歉。

我們應該分別獨處比較好。沒人特別點出，但大家都這樣想。

田貫說「我去散步」，並鑽進壁櫃裡面，換上一件黑色連身洋裝，接著出門。渡利和久米井也跟著出去。

「你們別被人發現啊。」我說道，目送他們離開。

我發現自己口很渴，從冰箱拿出保特瓶裝運動飲料。一口灌下冰涼液體。

我不禁嘆息，時機真的很糟糕。

不必在別人離家出走的時候發生命案吧。就像班上同學會把這兩件事聯想在一起一樣，警方也很可能覺得彼此有關。如果找不到真正的殺人犯，他們三人會不會被當成嫌犯呢？

我突然想到。

——他們真的毫無關聯嗎？

可怕的念頭閃過腦海。

我放下保特瓶，拉開客廳椅子，放到壁櫃旁邊，然後站在椅子上，小心翼翼地伸手摸索壁櫃上面的枕頭架。

——被害人應該是被銳利凶器砍傷之後墜樓。

我忘不了新聞網站上的報導記載。

收在皮套裡面的求生刀就在那裡。

一股安心感湧現，我拿起那把小刀，沉重的小刀在手心留下紮實的存在感。我帶著刀子爬下椅子，在燈光下確認刀的狀況。

手中的刀傳來黏黏的觸感。

我強壓下差點要衝出口的慘叫，緩緩取下刀套。

二十公分長的刀刃部分，沾染了暗紅色血跡。

・・・

在誦經聲迴盪的環境之中，學生們依序排隊上香。我也跟著前面一位同學上過香之後，坐在祭壇附近的一對男女向我點頭致意。

應該是古林的父母吧。母親眼眶紅紅的，看起來還無法接受現實。她的眼睛看著我的時候，不知為何我胸口一緊，覺得好像遭到責難一樣。

——染血的小刀。

暗沉渾濁的紅刻在記憶之中。

我在途中再也站不住，於是到殯儀館旁邊蹲下，並且在班上同學攙扶之下搭上迷你巴士。幸好我的反應被當成只是無法接受同學死去的纖細男生，大家以憐憫的眼神看向我。

離開殯儀館，浮現在我腦海的是我正製作的遊戲。

我以雙手抱頭、閉上雙眼，解讀自己的悲哀與困惑——這樣的苦該用什麼魔物呈現？——可以依賴什麼道具解除？——當彷彿要被吸進無底洞一般的黑暗之中時，勇者會做出什麼選擇？

這是我將現實視為遊戲，已經很熟練的、讓精神狀態平靜下來的方法。但是今天不知為何沒有效果。

看來需要的不是逃避現實，而是靈活的思考。

——那把求生刀跟古林奏太的案子有關聯嗎？

若以可能性來論，確實非常有關聯。古林奏太的死亡地點「夢幻城」就在我家大樓旁邊，只需要走五分鐘下坡道。求生刀上的血跡，很可能就是古林奏太的。

還有什麼其他狀況會讓刀子沾到血嗎？

總不會說是拿來處理魚了吧？我沒有買需要自己處理的食材。有人拿來把玩然後受傷？那麼應該會在晚餐時提起才對。割腕？我沒在任何人手上看到類似傷痕。

不，這也是逃避現實。

首先還是得從這個選項開始。

——懷疑借住在我家的三個人是殺人犯。要？還是不要？

回家的時候，我聽到歌聲。

久米井閉著眼睛，正在客廳茶几前唱歌，耳朵上佩戴著無線耳機，而且很難得地沒有戴口罩。她似乎在確認寫好的曲子狀況，可能沒有發現我已經回家，歌聲帶著些許哀愁之色，或許這是她哀悼的方法吧。

我盡可能不要發出聲音地從她身旁穿過，在房間的床上坐下。渡利不在家，壁櫃空空蕩蕩，田貫也不在。

「堀口，你回來了喔？」

過了一會兒才聽到久米井驚呼。

我回說「回來一下下了」，然後接著問：「渡利和田貫出去了？」

「好像是。」久米井一邊戴上口罩一邊回我。「最近他們比較頻繁出門。」

到了晚上，大樓這一帶的路上行人減少，發現這一點的他們變得會在太陽下山之後頻繁出門。一房一廳的格局裡面住四個人確實是有點狹窄，所以要是有一、兩個人出門，也是很好的調劑方式。

我覺得他倆不在是個好機會。

「久米井，我有事想跟妳商量。」

我跟一臉疑惑的久米井借用了椅子，從壁櫃的架子上面拿出那把求生刀，取下皮套之後，沾了血漬的刀刃現形。

久米井低聲輕呼。

我立刻將刀子收回皮套裡。

「妳覺得是誰的血跡？我昨天看的時候已經這樣了。」

久米井以乾啞的聲音嘀咕了「昨天」。

應該不用刻意說明昨天代表的意義吧，就是古林奏太遇害之後。

「妳聽聽看我的推測。有人從壁櫃裡面拿出求生刀，襲擊古林，然後把沾了血跡的刀直接收進皮套裡帶走，然後找地方簡單沖洗過小刀之後，再放回皮套，收在這邊。整個過程應該處理得很慌亂吧，所以忘記洗皮套，因此現在刀上還是沾了血跡——這只是我的想像，妳覺得呢？」

這是我一直思考的推理過程。

我繼續跟不發一語的久米井解釋。

「網路新聞上也有寫到推定死亡時間，七月十五日晚上八點到九點，那段時間我們都各自在做自己的事。」

「那個，堀口你該不會……」

久米井一副害怕發言的態度，先停頓了一段時間。

「認為殺害古林奏太的兇手在我們之中？」

「沒錯。」

我做出懷疑同住三人的決定。

這把突然出現的求生刀，要說是鬧著玩的也太惡質，我無法忽視。因為我去了古林奏太已死去的教室，並且親眼看到因此無比悲傷的他父母和同學們。

——自己該不會藏匿了殺害古林奏太的犯人？

光是這樣想，討厭的汗水就會滑過背部。

我小心地將求生刀收回壁櫃裡。

「在犯案的時間點上，除了久米井以外的人都外出了吧？這裡離古林死亡的『夢幻城』只需走路五分鐘，我們每個人都沒有不在場證明。」

雖然不清楚實際上到「夢幻城」，並在那裡殺害被叫到那裡的古林需要多少時間，但應該不用太久吧，搞不好去一趟回來根本要不到一小時。

我們在那段時間都外出了。渡利去每天一定有的慢跑行程，田貫也跟在他身後消失。那天我也因為想轉換心情而外出，在外面使用手機閱讀電子書。

若單論可能性，我們確實都有機會是嫌犯。

「我也是嫌犯之一。」久米井壓低聲音說。「雖然我一直在家裡，但沒有人可以證明我在家。」

「是啊，但我覺得妳是犯人的可能性最低。」

雖然很遺憾沒能掌握正確時間，但我想自己出門的時間應該在四十分鐘左右，肯定不到一小時。久米井不太可能在這段時間內往返家中和愛情賓館之間，並且殺了古林之後一副若無其事地等我回家。

這就是我選擇跟她商量的原因。

「久米井記得當天的詳細時間嗎？」

她搖了搖頭。

這或許是無可奈何，畢竟對當時的我們來說，那只是平靜度過的一個夜晚，根本不會想到班上同學竟遭到殺害。

「我再問一次。」

她緊張地坐到床上。

「堀口你真的認為殺害古林的犯人在我們之中？」

「我不確定，但我不得不懷疑。我反而想問妳，看到那把求生刀，妳還能一如往常地生活嗎？」

回應等了一會才來。

久米井猶豫地用雙手撥起長長瀏海，露出白皙額頭。暴露在外的雙眼因為動搖而轉來轉去。

一隻烏鴉停在陽台上，伸展了雙翅之後小憩片刻。烏鴉彷彿在觀察房內的我們一般看過來，接著往「夢幻城」方向飛去。

「嗯，你說得是，只能懷疑了。雖然很可能是誤會。」

久米井放開頭髮。

「我確認一下——你並不打算立刻將這把刀交給警方對吧？」

「嗯，我也不想強行結束這段生活。」

要是拿去交給警方，就必須解釋失蹤生活的事。我不想拋棄這一切很可能是自己想太多的希望，想把這個當成最後的手段。

久米井直直地看著我。

「那你想先刺探誰？」

必須證明清白的對象有兩人。

但若要問誰比較可疑，則答案是肯定的。跟古林同屬籃球隊，在隊上遭到霸凌的人物。

「渡利幸也。」我這樣說。

・・・

從開始同住之後，我變得常跟渡利講話。

有時候我會陪他練球，跟著他去從大樓走路約十分鐘的矢萩自然公園。公園角落有一塊鋪設了水泥地，供人打三對三的籃球場。到了晚上，這裡不會有人。

電燈在無人的球場角落散發光芒，不知名的飛蟲大量群聚，蟲子撲向電燈時發出細細的「哐哐」聲音。包圍著球場的森林散放著土壤腐敗般的香甜氣味，但不致於令人不悅。

渡利說「你只要站著就好」，並安排我就守備位置。持球的他快速從我身旁穿過，以美麗的姿勢上籃進網，然後重複。

我只是枯站在那裡也是沒事做，所以試著移動身體，但連球都碰不到，只能默默看著他先退後一步之後投出三分球。

球甚至沒有碰到籃圈，直接空心入網，渡利露出得意的微笑。現在的他跟平常略顯軟弱的神情不同，臉上充滿了自信。

我心想，這傢伙真的很喜歡籃球。

他就這樣窩在我房裡，實在太可惜了。

他一邊撿起球，一邊運球往球場中間移動。

我確認著他的表情稍稍陰鬱下來擋在他面前。

「我之前都沒有多問。」

「嗯。」

「渡利你家是不是有請領生活保障給付？」

會這樣覺得，主要原因還是在環境美化班級活動時看到渡利一臉寂寞的樣子。那些惡意中傷請領生活保障給付的傳單，以及他所說的「真想消失」。

「是啊，大概五年前開始請領吧。」

他放慢運球步調。

「籃球隊裡面的霸凌該不會也……」

「嗯，應該也是這麼回事吧。」

只有籃球在球場彈跳的聲音，空虛地在夜晚的公園迴盪。

我覺得好似喉嚨深處被掐緊了般，感到痛苦。

「古林真的什麼都不知道嗎？」

我認識的古林奏太是個誠懇的人。當然，他應該還有很多我所不熟悉的一面，但我不覺得他在教室表現出的公正態度全是假象。他不像是會因為請領生活保障給付就容許歧視發生的人。

渡利用雙手夾住籃球。

「奏太沒有霸凌我。」

「既然這樣，你應該先跟他說——」

「堀口。」渡利將球重重砸在球場上。「你不用介意。」

籃球架旁邊的電燈閃爍了一下，讓球場瞬間出現陰影。群聚的飛蟲數量增加，撞在電燈上的聲音愈來愈大。

「我想，你再問下去會麻煩到你。」

我覺得自己和他之間好像有一條深深的鴻溝，且彼此距離很遠。渡利的眼神前所未有地強勢，充滿抗拒我的意思。

即使如此，還是想知道他的祕密，是我太任性嗎？

我因自己心中糾結的情感而困惑，可能是感受到了類似友情的情緒吧。儘管只是短短一星期，我和渡利的關係也變得深厚。

「不然這樣吧。」

我提議。

「如果我能擋下一次你的進攻，你就要跟我說你的祕密。」

他一瞬間睜大了眼睛僵住。球在他手上，他覺得很有意思地哼笑了一聲，壓低身子。

「好啊。」

渡利開始運球，當他在穿過我身邊那一瞬間時，我能看到他的脖子後面。儘管瘀青消了一點，但還是在。

我慢一拍伸手，他已經切到籃框下方了。

無論嘗試多少次，都無法攔阻他。

我甚至碰不到球。

我不知道渡利幸也和古林奏太所屬的籃球隊上，到底發生了些什麼事。

・・・

其實，在二年A班有一個學生稱得上是我朋友。

雖然在教室很少說話，但彼此之間會頻繁地傳訊。

——葉本卓。

我的朋友很少，要是我在教室裡面到處問起有關渡利的事情，很可能會招致懷疑。既然現在我讓他們躲在我家，就不好隨便採取行動，因此拜託葉本是最理想的方式。

矢萩鎮別說速食店了，連高中生可以進去休息聊天一下的咖啡廳都沒有。在學校附近可以買杯咖啡的餐飲店，到了晚上就會變成小酒家。傍晚之後，可以跟人碰面的地方很有限。

我於是指定在大樓前面的中庭碰面。

剛好六點整的時候，一道低沉的說話聲傳來：「真難得堀口會找我呢。」

坐在鞦韆上的我稍稍舉手示意。

那是葉本卓。他是一位戴著大圓眼鏡、身材瘦長的男生，正在利用手機的自拍鏡頭功能整理一頭雜亂的咖啡色頭髮。上了髮膠的頭髮在他的手指調整之下，弄出了一座漂亮的山頭。

他一副覺得很熱的樣子拉著襯衫，靠在包圍鞦韆的欄杆上。

「三天前你傳給我的遊戲是怎麼回事啊？」

「怎麼回事是指？」

「超棒的，變得非常好啊。」

快活地笑著的葉本露出白牙。

「你真的擺脫低潮了耶，遊戲變得超棒的。音樂也是你作曲的嗎？很值得推銷喔。」

他刻意地拍手，我心想他真會說。

葉本就像是製作人那樣的存在。

他跟我算是老交情了。七年前我們認識彼此，後來在矢萩鎮立高中重逢。他知道我在製作遊戲之後，試著玩過我的遊戲，並且讚不絕口，還問我：「要不要試著拿去販賣看看啊？」

他提出幾個可以讓玩家更容易上手的修改建議，並製作原創宣傳影片，加上廣告詞，將遊戲上傳到下載平台販賣。因為他的手腕，我的遊戲很快就在重度玩家之間造成話題，甚至還上過日銷排行。雖然我有把一部分報酬分潤給葉本，但至今每個月仍會有十萬日圓以上的金額進到我戶頭裡。

從那之後，我跟葉本就是商業往來關係。因為第三部作品開發進度延遲的關係，他常常會發訊息督促我。

他先稱讚過遊戲的品質之後，壓低聲音。

「所以，你有什麼事？是想直接知道感想嗎？」

「不，不是——我想知道三個失蹤人口跟殺人案之間的關聯性。」

我對顯得有些意外的葉本這樣說。

「你有在收集情報吧？能不能分享給我呢？」

自從連續失蹤案開始之後，葉本就常常加入教室裡面聊八卦的小圈圈。他總是在離古林不近不遠的位置上，表現出很有興趣的態度聽大家聊。我想他本人應該就是愛湊熱鬧的個性，因為他也曾針對案情來問過我話。

葉本愉快地吐了吐舌頭。

「真有意思，我還以為堀口你對這事情沒興趣呢。」

面對他這預料中的反應，我也拿出事先準備好的藉口——感覺好像可以活用在遊戲製作上。

葉本儘管一臉驚訝，還是說了「也是有這種可能喔」，且並未過度追究。

「我想知道籃球隊裡的霸凌問題，實際上是怎樣？」

我問，葉本很乾脆地回答。

「怎樣喔，渡利失蹤之後發現隊上有霸凌問題，好像造成了一點問題。」

「一點問題是怎樣。」

「那並不是長時間如此的狀況。」

葉本把霸凌問題輕描淡寫的態度讓我稍微拉高了聲音，但他看起來並不在意，抬著頭仰望天空。

「事情是在渡利失蹤之後才爆開，但我覺得沒有鬧得太大。我有去問籃球隊的人，他們說導火線是七月初的星期六，籃球隊社辦好像發生錢包失竊的案件，然後大家在渡利的包包裡面發現了失竊的錢包，於是起了爭執這樣。」

我是第一次聽說錢包失竊問題。

「犯人是渡利嗎？」

「不知道，渡利似乎是否認了，所以才格外麻煩的樣子。」

我心裡一陣難過。籃球隊隊員很可能知道渡利家有請領生活保障給付，然後這件事情往不好的方向發展了嗎？

「可是從霸凌事件發生，到他失蹤只過了四天耶？而且只是因為他的東西被丟到垃圾桶裡面就搞失蹤，我也覺得是不是有點誇張了。」

四天這個數字似乎比想像中還短。

聽渡利的說法，感覺他是長期遭到霸凌，但他本人卻沒針對時間長短做過任何表示。

「可是，他還是有遭到暴力對待吧？」

「應該是吧，也有人作證表示看到渡利的脖子上有瘀青。籃球隊的人雖然否認了，但我覺得很可疑，確實可能有使用暴力吧。」

我腦海想起跟渡利練球時所看到的瘀青。

記得一開始是在班級環境美化活動時看到的。

「嗯，好像有點怪怪的？」

這時我察覺一項不自然的事實。

「我也看到渡利的瘀青了，那是在星期五放學之後，是竊盜和霸凌都還沒有發生的時間點，時間順序有點奇怪。」

「對，座位在渡利後面的尾崎也是這樣說。他說星期五早上渡利脖子上就有瘀青了。」

「既然這樣——」

「但真相不明。我剛剛也說過，我認為籃球隊的人很可疑，是不是在更之前就有訴諸暴力的霸凌行為呢？這樣想的人不在少數喔。」

雖然是這樣沒錯，但我還是不太能接受。

按照葉本所說，籃球隊隊員也在反省隊上發生的霸凌問題，並公開了真相。我不懂他們為什麼要說這種不上不下的謊話。

「但是，籃球隊的人的說法基本上都一樣，而且口徑一致。」

他得意地繼續說。

「——古林奏太沒有參與霸凌。」

這也跟渡利的說法一樣。

葉本跟我說，當時古林常常沒參加練習。

看來他收集情報的詳細程度超過我想像，每聽到他說話的聲音，我的腦海裡就會浮現一股不祥的想像。

「差不多是這樣吧？你不要介入太多喔。」

葉本說完之後，彷彿為了叮嚀我一般靠近過來。

「你還有其他更重要的事情要做吧？」

他拍了拍我的肩膀，跨上腳踏車。

我靜靜目送他離開，直到再也看不見他的背影為止。

・・・

我導出某個推測結論。我想在跟久米井商量此事之前，直接跟渡利確認看看。因為我覺得自己胡亂瞎猜，很可能會損及他的自尊。

晚餐之後，渡利說「我去運動一下」，並且抱著裝有籃球的包包出門，這是他一如往常的行為。

我跟久米井使了個眼色，追著渡利而去。

我前往矢萩自然公園籃球場，看到渡利正在那裡默默地練習罰球。在燈光照耀之下，籃框顯得閃閃發光，他投出的罰球則被這個圈圈吸了進去。

第九投沒進，球往我這邊滾了過來。我撿起球，拍了一下，許久沒拿過的籃球大小與重量讓我吃了一驚。

「你很努力耶。」我說道。

「怎麼了？」渡利苦笑。「你要陪我練球嗎？」

「算是吧，之前根本擋不住你啊。」

「我當然不能被一個外行擋下來啊。」

我把球丟給渡利，來到他的正前方。一旦面對面，就會因渡利的身高震懾，他身高應該超過一百八十公分，所以我倆之間有將近十公分的身高差距。

渡利改以單手拿好原本雙手捧著的籃球，左腳大大跨出一步，看了我一下，順勢從右邊穿了過去。我壓低身子、伸出右手，想要拍掉球，但渡利的身體像是鑽過我那樣一個旋轉，有如施了魔法一般從我左邊穿過，然後用一個漂亮的上籃結束。

「先下一球。」

渡利伸出長長食指，開朗地笑了。

我雖然懊悔，但渡利不是我不爽就能夠應付得來的對手，在這之後反覆了五次同樣的狀況。我被他完美地閃過，投出漂亮的球。每當球入網，渡利就會開心地放鬆表情。

不論試幾次，我都碰不到渡利的球。

第七球的時候，我拿出了殺手鐧。

我在他用雙手捧著球的時候說：

「渡利，連我這麼遲鈍的人都覺得不對勁喔。」

「什麼事？」他開心地笑著說。

「你的瘀青——是不是古林奏太造成的？」

渡利睜大眼睛。

我立刻伸出手拍掉他手上的籃球，從他手上掉出來的球滾到球場邊緣，我總算拿下一局了。

他之前說過——古林奏太沒有參與霸凌，我想這肯定不是說謊。古林應該不至於助長丟掉人家錢包和鞋子，這麼小家子氣的惡質行為。

我繼續說：

「古林該不會對你做過比霸凌還要嚴重的事情吧？」

・・・

我們仰賴步道旁的燈光走著。矢萩自然公園建立在一處小山丘上，是一座裡面有上下坡起伏的公園。我們登上長長坡道，除了我倆之外沒有其他人影。到了晚上九點，這座主要是家族前來野餐才會利用的公園，幾乎不會有人來。

步道兩旁的長青樹長滿了綠葉，白天應該吸收了充分的光照吧。我們走在長青樹連綿的步道上，晚上的樹木看起來是那麼漆黑，詭異無比。

走在我稍稍前方位置的渡利，以已經放棄的聲音表示「你發現了啊」。他的肩上背著一個用來裝籃球的包包。

「不過，你為什麼知道是奏太？」

「我一開始以為是家庭內的虐待行為，我想說你脖子上的瘀青不是社團活動造成，而是被父母掐住脖子之後的痕跡之類。」

至少對我而言，這是比較能夠想像的結論，也能說明渡利為何想要離家出走。

「但有人跟我說，你的瘀青說不定是籃球社裡的霸凌造成的，還說班上也有同學有同樣想法。所以我覺得很可怕，你的瘀青明明是霸凌前一天就有了，卻栽贓到籃球隊隊員身上。」

「……嗯。」

「因為出現霸凌的關係，導致一個傷害事件被隱匿了。」

或許可以用蓋過去來形容吧。

按照葉本的說法，除了我之外，也有人看到渡利身上有瘀青。畢竟瘀青在脖子後面，應該不少班上同學都有看到。

看到的人應該都會認為，他是傷害事件的受害者。

但在揭露籃球隊的霸凌事件之後，這些瘀青被當成是霸凌造成的結果，是錢包竊盜案的衍生事件，同時是籃球隊內部的問題。

知道他身上有這些瘀青的人，應該這樣就會接受了吧。

但背後很可能有更嚴重的事件啊。

「我不認為在你身上出現瘀青之後的星期六，馬上發生錢包遭竊的問題，然後認定是你犯案的狀況是偶然。」

我覺得根本就是有人安排好的。

但能執行的人有限。

在籃球隊練習途中找機會進入社辦，並且不在霸凌現場，不會被懷疑在渡利身上弄出瘀青的人。

「古林就是在你身上弄出瘀青的人——會這樣推測也是自然吧。」

儘管很難想像。

古林奏太以雙手用力掐住渡利幸也的脖子，在發現渡利幸也脖子上出現瘀青之後，為了不讓自己的行為曝光，於是安排了渡利在籃球隊裡遭到霸凌的問題，並轉嫁責任。看到瘀青的班上同學，便因此誤解這些瘀青是除了古林之外的籃球隊隊員造成。

沒想到這一連串事件全都是他策劃的。

「——是啊。」

渡利以冷漠的聲音說道。

「我差點就被奏太殺死了。」

大樹的影子落在大步前行的渡利背上，即使我倆步數相同，但他以比我快上許多的速度登上步道。我沒辦法要求感覺急著向前的他走慢一點，只能努力動著雙腳，以免被他拉開距離。

在我無法確認渡利的表情下，他的話語傳了過來。

「七月第一個星期四晚上，奏太突然找我。他把我叫去做為水田用水的無名小河旁邊，然後在那裡突然掐住我脖子，把我按進水裡。」

這是渡利跟我說「真想消失」前一天的事情。

看來，我當時覺得他的瘀青痕跡才出現沒多久的想法沒錯。

「為何古林突然這麼做？」

「我才想知道。」

聲音裡透露幾分寂寥，我想，渡利應該也還沒能消化吧。

我盡可能平穩地說「能不能請你告訴我詳情呢？」

渡利花了點時間才回話。

「堀口，這件事情關乎奏太的名譽。所以我想保密，可以的話也不想告訴任何人。你願意幫我守住祕密嗎？」

我說「知道了」之後，他在時而顯得很痛苦，不知如何說明的情況下，陳述了當晚的狀況。

「我想應該要從我的家庭狀況說起。五年前，老爸突然中風住院，母親原本身體就比較虛弱，無法工作，所以我們請領了生活保障給付。請領生活保障給付是正當的權利，可是每次遇到親戚都會被說是『很丟臉』，讓我很不爽，明明他們也不會給我們生活費。車站前面有些堂堂表示『請領給付的人是寄生蟲』的傢伙，我也看過好幾次批判的傳單。所以我不知不覺間在心裡產生歉疚，並跟大家保持距離，以免大家發現我家很窮。」

他自嘲似地笑了。

「可是在我升上高中之後，遇見了可以信任的人，就是古林奏太。他真的很了不起，不會拒絕任何人，無論體格好壞、長相美醜、出身什麼樣的環境、怎麼成長、哪間中學畢業都不在乎，可以跟任何人打好關係。在籃球隊裡，我們自然而然地熟識起來。雖然由我說有點那個，但因為我倆的實力在隊上也是遠勝他人，如果是地方大賽程度，我們就是無敵搭檔。」

渡利在提及跟古林之間的回憶時，聲音中混雜著喜悅。

「不過升上二年級之後，奏太變得愈來愈奇怪。首先沒來隊上練習的日子變多了，即使參加了練習，失誤也變多了。我問他原因他也不肯說，然後變得會說別人壞話。過往的他絕對不可能這樣，我一直覺得不太對勁。當天晚上，他找我出去的時候，我其實有點怕，但我不能逃避，我想幫助他。晚上十點，附近沒有任何人，我一邊說『怎麼了？』一邊靠近正在等待的他，然後他突然掐住我脖子，把我拖進農業引水道裡。」

我瞬間說不出話。

「我因為恐慌而無法動彈，他把我的頭按進水裡，我還以為死定了。就在我快要窒息，拚命掙扎總算抬起頭時，我聽到他以充滿怨憤的聲音說『像你這種人都可以拿錢活下去』，後來奏太漸漸放鬆，並放開我之後，我看到他結凍一般的眼眸，無法動彈。『瘀青了，失敗了』，他這樣說，我不懂他在說什麼，只能一直發抖。」

一直走在我前面的渡利這時停了下來，從背包取出水壺，喝光壺中水。在這之間，我才總算追上他。

渡利口中的古林奏太，跟我所知道的形象相去甚遠，我甚至覺得這個人很冷酷，但我不認為渡利說謊。

這是古林奏太的另一面，應該不至於只有其中一面才是真正的他。

——以冰冷的眼神想要殺害渡利，並揶揄他接受生活保障給付的古林。

但完全想不到他的動機為何，他身上到底發生了什麼？

我倆並肩而行。

渡利呼了一口氣說：「後來正如堀口你的想像。」

「在那之後，我被栽贓說偷了東西，然後受到隊友們的批判。我馬上知道是奏太為了隱匿瘀青的問題，所以背地裡安排了這齣戲。我打從心底覺得害怕，我想說這次真的會被他殺死。所以你的建議幫了我很多，我很樂意失蹤。」

我再次想起在花圃前說「真想消失」的渡利表情。儘管是差點遭到殺害的隔天，渡利還是彷彿什麼都沒發生那樣來上學。

一個簡單的問題浮現。

「你為什麼隱瞞了這件事？不是應該立刻去報警嗎？」

「原因之一是為了我父母吧。我很感謝他們養育我到現在，我不想跟那樣的他們說『因為我們請領生活保障給付，所以我差點被殺了』這樣。」

渡利的聲音彷彿變得渾濁那樣聽不清楚。

「還有一點，你可能無法理解。」

「總之說說看。」

他有如低語般說「是為了奏太。」

「我真的把他當成摯友——一年級的時候我們常常聊些笨事，只要我們一起參加比賽，就沒有隊伍可以阻擋我們。那天，我看到被逼成那樣的奏太，儘管差點被他殺了，我還是心生同情。」

我不知道該用怎樣的表情接受這個說法，於是噤聲。

我無法好好理解，即使自己差點被殺、還被栽贓，卻仍想包庇古林奏太的理由。

但看到渡利難過地說著「那時候的奏太很奇怪」的側臉，我也只能接受，因為他有屬於他的價值觀。

被夾在友情和恐懼之間的渡利，採用了失蹤這個手段。

這時我們正好來到公園頂端，在綠草皮地上，有兩張長椅設在懸崖的方位上。

我們很自然地在長椅上坐下。

「為什麼呢？」渡利看著前方。「那天奏太的眼神，跟那些在車站前面叫囂的傢伙們一樣。奏太有這麼恨我嗎？」

我從長椅上俯瞰「夢幻城」。

因為登上坡道，所以我們來到比大樓更高的位置。在開闊的視野之中所注意到的，就是那座仿造古堡的愛情賓館。從賓館旁邊經過的高速公路橘色燈光照耀下，尖塔的影子浮現於黑暗之中。這座從三年前就沒有人跡的廢墟，現在也正一步步走向破滅。

——古林奏太從這廢棄飯店墜樓，在停車場斷氣。

他究竟是想著什麼而去的呢？

這座寂寥的城堡，讓我想起某段回憶。

「因為世界變得不安定。」

把逐漸毀壞的城堡與人口減少的矢萩鎮重疊。

每個人都理解，矢萩鎮沒有未來。即使跟萩中合併了，少子高齡化的問題也不會解決，離開這裡的人不會再回來，到最後將變成極限村落（註4），整座城鎮直接消失。

我們正住在愈來愈縮小的世界裡。

「那是什麼？」渡利問道。

「我常讀的書本裡面有提到，《排斥社會》，作者是喬克・楊，書裡面有一些地方我很有印象……」

我說個不停。

「我們的社會已經失去安定性了，不是遵循傳統就能夠幸福的世界。看不到正確的生存方式，只能各自為政設定規矩，攻擊他人、把他人當成惡魔並糾舉出來，以讓自己安心。」

我無法忘記在那間有失蹤人口出現的教室裡讀到的文章。不安定的世界導致人們之間的關係中斷，並且在彼此之間拉清界線的內容。

渡利彷彿要哭出來一樣扭曲表情。

「那是什麼鬼啊，根本亂七八糟，為什麼我家只是因為請領了生活保障給付就得被攻擊啊。」

「沒錯，亂七八糟。」

我用雙手摀住臉搖頭。

「我媽媽也一樣，她把一切不幸都怪罪到我頭上，恨我、打我、遷怒我。我被親生母親監禁，看到快要餓死的我，媽媽勾起嘴角笑了……還對我說『快去死吧』……」

渡利張大嘴，露出愕然的表情。他彷彿無法接受剛剛我所告知的內容那樣，睜著

註4：原文「限界集落」，由日本社會學者大野晃所創，意思是村落因人口外流導致空洞化、高齡化，六十五歲以上人口占半數以上，共同體的機能已達到極限狀態。

眼，直直看著我。

七年前，我的身上出現了錯誤。

我會因為一些小事想起與母親之間的記憶，無法控制自己的情感，產生頭昏眼花的想吐感覺，只能靜靜地抱著身體忍耐。

——「快去死吧。」

母親對我說的話有如詛咒那樣浸透全身。

「渡利啊，我們到底為什麼要被人攻擊呢？」

我一直在尋找答案。

即使可能花上一輩子都治不好，我仍邊研讀社會學者的著作，邊製作遊戲，一直掙扎著想要克服七年前的心傷。

渡利咬唇，低下了頭。他是個善良溫柔的人，一定是把我的際遇跟自己的遭遇重合，並能充分體會吧。

我深吸一口氣，打起精神。

現在沒時間沉浸在過去的傷痛裡，還有更重要的事情要做。

——我必須確認渡利幸也是否殺害了古林奏太。

渡利確實有殺害古林的動機，他很有可能是犯人，但很難證明。我們不是警察，無法準備相關證據。

最理想的方法是使其自白，陳述只有犯人才會知道的情報，觀察其反應。即使那是欠缺對同住人該有的道德，是卑鄙的手法也無妨。

我下定決心開口。

「渡利，刀上面有血跡喔。」

「咦？」

「你是不是忘記洗刀套了？」

我靜靜地凝視渡利的表情。

他的反應很快，稍稍歪頭顯示不解。

「你在說什麼？我聽不懂。」

眉頭皺了起來。他的反應很自然，看起來不像在說謊，至少在我看來，他是真的覺得困惑。

當然，我並不具備看穿他人謊言的超能力。即使如此，我仍感覺不到他的反應像是演的。

——渡利是犯人的可能性不高嗎？

說起來他很清楚明白地表明了自己跟古林的關係，如果他是犯人，應該會盡可能模糊過去吧。

我發現自己掌心滲出手汗，於是在褲子上抹了抹。

「沒事，應該是我誤會了。」

「殺害古林的不是你吧？」

「不是啦。」

為了保險起見我直接詢問，渡利拉高聲音回答。

「為什麼你會這樣想啊？我完全不懂耶。」

「對不起，我是為了保險起見才問的。這很重要。」

我簡單說明了至今為止的來龍去脈，包括發現染血的求生刀、在古林的推估死亡時間裡，房內的人都因為外出而沒有不在場證明，以及在犯人尚未落網的現在，只能懷疑每個人等。

我解釋完，渡利說「啊，原來是這樣」，並用手按住臉。「結果你是在套我話喔，真沒想到。」

渡利不滿地繃起了臉，看起來是生氣了。

我再次道歉。

「不過實際上，確實很多同學在懷疑，畢竟容易跟籃球隊的霸凌事件連結。」

「這我是懂，但沒想到居然被堀口你懷疑啊。」

「不好意思啦。雖說不算是賠罪，但到犯人落網，嫌疑完全洗刷之前，你可以在我家再待一段時間。」

我有種放下肩頭重擔的感覺，站起身子。

夏季晚風彷彿從小丘底下衝上來似地吹送，帶走了身上的溼氣，還有一股乾草芳香。

我想說該跟久米井講一下這件事，轉身往大樓方向。

但渡利還沒起身，他的手抵在嘴邊默不吭聲，難道還在生氣嗎？

「渡利？」

我喊他，他急忙抬起臉。「啊，不，怎麼了？」反應彷彿我做了什麼出乎意料的舉動。

這時我有股不祥的預感。

「……是不是有什麼事讓你很在意？」

我壓低聲音，他放棄似地緩緩點頭。

「這只是我的猜測，想說可能是這樣。」

「但可能很關鍵。怎麼了？」

「剛剛那件事，在案發前一天我有跟另一個人商量過，那個人聽完我說的好像大受打擊，所以我有點在意。」

「商量？跟誰？」

「田貫。」

我當下冒出來的想法是「為什麼」。

渡利應該想要隱瞞跟古林之間發生的問題，這樣他為什麼要找田貫商量呢？

我這樣問，渡利說「這樣啊，原來知道的人不多。」並呼了一口氣。

我茫然地回視渡利，他說道：

「——田貫是奏太的青梅竹馬。」

我發出「啊」一聲。

這麼一說，我確實有看到他們有關聯的部分。

田貫凜在志願指導室的時候，古林奏太不知為何也在那裡，簡直像是在等田貫凜出來那樣。

連接田貫與古林的這條線突然浮現。

令人不悅的預感在腦中蠢動。

・・・

久米井等在我和渡利回到大樓的路上，她就坐在自然公園的樓梯中段的扶手，身上穿著我的帽T。隨著時間愈晚，氣溫也漸漸下降。

渡利看到她，似乎馬上察覺似地嘆氣說「原來久米井也參了一腳啊」。看來他非常不滿我們懷疑他一事。

「對不起。」久米井道歉。「所以說，實際上怎麼樣？」

「渡利是犯人的可能性極低，不過……」

我在渡利同意之下，把他所說的事情簡單扼要地告知久米井。

久米井抿唇。

「知道了，下一個是田貫吧。」

「嗯，雖然她沒有殺人動機，但還是確認一下比較好。」

在我們得出結論的時候，渡利丟了一句「我不想這樣」，還補充說「我真的很不喜歡懷疑伙伴。」

「我也不是樂於如此，而是必須這麼做，你應該明白吧？」

現在不是討論事情的是非對錯問題。

即使如此，渡利在情感上似乎仍是無法接受，他真的很善良。他無力地說了一聲「說得也是」後，往大樓方向前去。

我和久米井也慢了一點開始往前走。

「還好嗎？」

途中久米井小聲說道。

「我看你一臉疲憊。」

直到她說，我才第一次意識到。每走下一階樓梯，就有種加諸在身上的重量彷彿隨之增加的感覺。

「有一點。」我回。「只是想起了過往的不好回憶。」

在與渡利交談時提到了母親的回憶。每次想起，身體就會像出現缺陷那樣發生故障。平常我可以靠埋頭製作遊戲緩和這樣的症狀，但現在不能這麼做。

久米井不安地窺探我。

「你不要太勉強自己，要好好休息喔。」

「嗯，但只要跟田貫確認過，事情就結束了。」

我刻意讓自己做出樂觀的思考，或許可以很輕鬆地解決。

沒錯，比方像這樣：拿出染血求生刀給田貫看，她笑著說「抱歉，它掉下來的時候傷到我自己了」之類的。就在我們傻眼時，班上的社群軟體有新訊息，並因此得知殺害古林奏太的犯人已經落網。

我在心中嘀咕，這樣就好。希望可以這樣。

但這個願望也空虛地消逝。

田貫凜不在家裡。即使時間到了凌晨零點，然後再來到隔天早上，她也沒有回來。

她的東西消失了，她的存在整個不見了。

簡直就像也從我們眼前失蹤一樣。

第四章

在同居生活中，我曾好幾次於深夜看見田貫的身影。

第一次是在七月十一日看到，是她住進來兩天後。

我們睡覺的時候當然是男女分開，房間的床鋪給久米井用，田貫則睡在壁櫃裡面。然後我和渡利則把客廳的桌子搬到角落之後打地鋪，我用便宜睡袋。雖然身為屋主，我當然有權利使用棉被，但因為買來的睡袋跟渡利的身高不合，我沒辦法，只能把床鋪讓給他用。

有運動的渡利很好睡，一關燈馬上就會聽到睡著的呼吸聲。

相反的，我則大多很晚才睡。大家都睡著之後的時間最適合製作遊戲，幸好跟我同寢的渡利，並不會被電腦螢幕的亮光和打字聲音吵醒，我可以安心地工作。

當我專心工作時，分隔兩個房間的門突然打開。

穿著毫無裝飾感、黑色運動外套的田貫站在那兒。她跟我對上眼後，覺得有些尷尬似地裝模作樣起來。

「堀口同學，原來你還沒睡啊。啊，我想喝水。」

這明顯是藉口，就寢前她應該穿著翠綠色睡衣，沒有必要特地換成運動夾克。

我確認了一下螢幕上顯示的時間。

凌晨兩點，已經很晚了。

「這麼晚了，妳想要出門嗎？」

我這樣問，田貫於是放棄含糊其詞。她露出像被罵的小孩般的表情縮了縮肩膀，點了下頭。

「這麼大半夜的，一個女孩子出去很危險耶，這附近沒有監視攝影機喔。」

「嗯，這個嘛，確實是這樣沒錯。」

田貫露出一個略有隱情的笑容，看樣子她不是單純出去散步，不知道有什麼事情。她之所以白天都在睡覺，看來是因為晚上有非得處理的事情不可。

但我也不能就這樣讓她一個人出去。

「……在妳可以容許的程度之下，我陪妳吧。」

我略帶保留地提議，田貫猶豫了一下之後點頭說「那就拜託你了。」

田貫似乎想回家一趟。

儘管知道違反道路交通法規，但我還是選擇了腳踏車雙載這個方式移動。我讓田貫坐在後方置物架上，並由我來騎車。儘管上坡踩到汗流浹背，但下坡只是一瞬間。不習慣坐腳踏車的田貫略顯不安地緊抓著我的肩膀，而不習慣載人的我也使出渾身解數扣著煞車，儘可能放緩下坡速度。

因為我不確定有沒有辦法在小路上好好駕馭腳踏車，所以選了比較寬的二線車道前進。

我很擔心後面會不會有來車，心臟狂跳個不停。

我騎車的時候，我們之間幾乎沒有說話。在這樣悶熱的夏天夜晚，可以不管煞車，盡情加速的腳踏車所帶來的清風吹送感非常舒適。

下了坡道之後，我倆或許是因為安心的關係，不禁露出了笑容，並彼此交流起感想。這似乎也是田貫第一次跟人共乘腳踏車。

「妳常會在壁櫃裡面戴著耳機呢。」

因為興奮感沒有平息，我倆之間自然聊開了。腳踏車在農田之間的小徑前進，我放大聲音，避免自己說話被吵鬧的蛙叫蓋過去。

「田貫妳都在聽些什麼？跟久米井一樣聽音樂？」

「聽國外的廣播。」

我一直有點介意，因此試著問問看，田貫以悠哉的聲音回我。她放開我的肩膀，雙手輕輕圈住我的腰。

「我一直有個夢想，想要去國外工作，所以在努力學習英語。」

「妳英語確實不錯耶。」

「奶奶的插花作品，在我小時候曾到洛杉磯的展覽展出喔。我難以忘記洛杉磯那種寬敞的城鎮風光，以及跟日本不一樣的氣氛，所以我到現在仍在學習英語。志願學校應該也是外語大學吧。」

雖然我覺得田貫突然提起此事有點不協調，但我一邊騎腳踏車，也不能回頭。小路上只有最低限度必須的燈光，要是不專心看前面，很可能不小心摔到農田裡。

田貫的低語從背後傳來。

「我要是不找機會說說，很可能就會忘了。」

這時，我看到一幢門面氣派的房子，是田貫家。從外面看來，二樓沒有開燈，一樓則因為被大門或庭院的樹木遮住，看不太清楚。

我在她家前面扣住煞車。「謝謝，到這裡就好了。」她下車說道。

「妳真的要回家？」我問。

「只是回來看看狀況，我想應該不會有人發現。」

既然這樣，應該不需要特地挑這個時間吧。「我等妳」，我提議。

田貫一副很抱歉的態度說「我不希望你等我耶」，這是很明確的拒絕。

果然她不希望外人知道家裡的狀況吧。

我想說借田貫腳踏車，這樣起碼可以比較安全回到大樓。田貫低頭示意，接過車。

雖然我打算回家，卻遲遲踏不出第一步。

田貫沒有動，簡直像腳下生根了那樣，只是一直看著自家，沒打算進門。難道是在遲疑嗎？

「我問一下。」田貫依然看著自家說道。「堀口同學，你們家人之間的關係好嗎？」

「不好。」我立刻說。「不然也不會自己住外面吧。」

「我想這應該是每個人情況不一樣就是了。」

田貫稍稍緩頰。

但她仍是不肯踏出一步。我等了幾分鐘，她仍是動也不動地呆立當場，彷彿忘了怎麼走路一樣。

我不能就這樣逕自離開。

「……這是我個人的狀況。」

我對回過頭的田貫說。

「我身上有錯誤，會突然動彈不得，就像遊戲突然當機卡死那樣，所有功能都停擺。我覺得世界很可怕、要活下去很可怕，從我的家人帶著惡意對待我的那個瞬間開始，我就是個非常悲慘的膽小鬼。」

當我聽到田貫開朗地述說想去國外發展夢想的聲音，覺得心裡一陣難過。

我想我一定哪裡也去不了，我有這種預感。我無法離開這矢萩鎮的大樓住家，只能一直害怕著世界，繼續消耗我的人生。

「所以我打從心底尊敬妳，尊敬到現在仍想要面對家人的妳。」

這是我毫無虛偽的真心話。

田貫先是驚訝地睜大了眼睛，接著吸了一口氣。

「謝謝。」

她往自家玄關過去，從信箱後面取出鑰匙，慎重且不發出一絲聲響地利用鑰匙開門，然後入內。

看到她進門，我轉身走回長長的坡道上。

從那天之後，我偶爾會看到田貫在深夜起床。

她會跟我借用腳踏車鑰匙，以及為了不時之需而借走手機，然後悄悄離開大樓，而且一定都是在夜深時分。

到了早上，她一定會回來。

每天早上，我聽到壁櫃傳來平靜的呼吸聲，就會覺得安心許多。

⋮

田貫凜沒再回到大樓的隔天早上，我一如往常地前往學校。

其實我很想蹺課，但要是現在這樣做，連我都很可能被當成失蹤人口。若一個不小心演變成家訪，就會發現久米井等人在我家。為了佯裝自己跟這件事情沒有關聯，我還是貫徹平凡學生的形象比較好。

在教室，正進行著每天早上慣例的情報交換大會。

有的學生不安地蹙眉、有的學生愉快地勾起嘴角，傳著真假不明的八卦。從渡利和田貫失蹤以後，每天都是這樣。

但這樣的交換會也有著極大變化。

——教室裡的核心人物，古林奏太不在了。

統整議論內容的人不在了之後，教室裡出現好幾個三兩成群的小團體，簡直像是彼此隔離的小島那樣。他消失之後的二年A班有如失去核心那樣，感覺有點缺損、寂寥。

我來到自己的座位，傾聽附近的談話內容。

「果然還是渡利最可疑吧？籃球隊的狀況好像很糟糕耶。」「真假？他看起來那朋友是這樣說的。」

一說就覺得好像合理了。」「他有打工嗎？」「嗯？好像有請領生活保障給付，國中的

麼和善。」「他家狀況不太好。」「啊——確實他的東西都滿破舊的。」「對啊，這樣

我好想蓋住耳朵。

渡利、田貫、久米井三人被當成殺害古林奏太的嫌犯，而且同學們毫不遲疑地洩漏三人的個資。可能是會阻止大家說些毀謗中傷或粗淺議論內容的古林奏太已經不在了，才造成這樣的影響。

「你看了這段影片嗎？」「那是什麼？給我連結吧？」「啊，我不知道你的帳號耶。」「我在群組裡面啊，找一下啦，要是覺得麻煩就直接貼在群組裡吧。」「要死了，我們學校被拿出來講了耶。」

在男同學彼此嬉鬧過後，社群軟體傳來訊息。

我一邊抱著不祥的預感，一邊取出手機。發在群組裡面的連結，顯示那是世界上

最知名的影片網站。

「水太深了——矢萩鎮立高中連續失蹤案①」

我整個人發寒。

我戴上無線耳機，以兩倍速播放影片內容。在誇張的背景音樂襯托下解說事件大概，一個人消失之後，兩個、三個，然後發現第四人的遺體。利用語音合成講述的旁白，伴著畫面上矢萩鎮高中的背景照片流過。

發布影片的頻道似乎叫做「推手頻道」。

影片播放次數已經來到十萬次。

我立刻發訊息給可能知道狀況的人。

『欸，葉本，我要問你一件事。』

二年A班教室裡面沒看到葉本卓的身影，可能還沒到校。他很快回了訊息。

『怎麼了，這麼突然？』

『為什麼這種影片播放數會這麼多？難道有打廣告？』

葉本對網路上的流行事物特別敏感。

『播放數多合理吧，這種陰謀論頻道本身在網路上就是很多人喜愛的內容。從美國總統大選的偽裝輿論發酵，到在日外國人與政治家之間的關係，很多人相信無論什麼事情都有不為人知的一面啊。』

『古林的事情也變成其中之一了嗎？』

『連續失蹤案畢竟少見，所以在懶人包部落格和社群媒體上已經傳開了。昨晚才上傳的影片，播放數已經這樣了，應該還會更增加吧。』

我重新確認影片，已經有好幾千人訂閱頻道，看來是為了追蹤這起事件才新設立的頻道。

影片最後加上了對此事的推測。

『據說警方現在正在評估兩種可能。一、失蹤的高中生已經全數都遭到殺害。二、失蹤的高中生共謀殺害第四位高中生。無論如何，這件事情水很深。本頻道今後也會——』

我停止影片。

我聽不下去，再次發出訊息。

『為什麼這個人會知道警方的內部情報啊？』

『十之八九是唬爛吧。要在社群媒體上出頭，需要的不是真相，而是聳動的說法。只要有加上「據說」、「目前的情報指出」，都還算是有良心了。』

『太誇張了。』

『即使如此，播放次數還是會增加。影片網站的演算法會推薦喜歡這類陰謀論的傢伙前來點擊啊。』

網站旁列出一串打著「相關影片」，專講這類陰謀論或醜聞的影片。內容包括政治人物或演藝人員的外遇、失言、彼此不合的傳聞，企業公關危機的說明，還有在社群媒體上嘲笑女權或做出仇女發言等。

我點開其中一段影片。

裡面講述了過去地下偶像的公關危機事件，標題是「不斷惡整某有名偶像的狠毒偶像，反町郁音」。影片主要以某紀實節目曾播出過的偶像狠毒行為為主，輔以說明這件事情之所以造成公關危機的過程。

我覺得很噁心，拿下耳機。

古林的死被連結到久米井等人的失蹤案件上，變成聳人聽聞的事件。原本是很普通的離家出走，卻發展成了最糟糕的狀況。

我在無聲的情況下繼續確認方才那段影片。

鮮豔的文字顏色與聳動的內容，讓我有些在意。

雖然久米井等人的個資尚未洩漏，但今後不知道會怎樣。

新的問題出現了。

放學後，我盡可能趕快回到大樓。

渡利拿著平板坐在房裡，在客廳的久米井手邊放著一個咖啡杯，一臉嚴肅地面對著電腦。

平常總是睡在壁櫥裡的少女不在這裡。

「田貫還沒回來喔。」

久米井先告知我。

雖然我有做好覺悟，但還是有種身體變得沉重的失落感。

從那一晚起，田貫突然從這裡消失。她帶走了自己的所有東西，我們根本想不出她會消失到哪裡去。

我放下身上的東西，跟兩人說明教室的狀況。

目前沒有聽說田貫已經回家的消息，失蹤人口仍被當成殺人嫌犯，很遺憾的是渡利的嫌疑最大，以及煽動陰謀論的可笑影片已經出現在網路上。

我說完之後，久米井表示「我們也看了影片。」

她跟渡利的臉色都不太好看，看來兩人應該都大受打擊。

「狀況變得不太好了呢。」

我靠在客廳茶几上。

「我覺得要繼續維持失蹤生活應該會有危險，你們的個資很可能被洩漏出去。我並不想做出會擾亂偵辦殺人案的事情。」

我們之所以處境危險的原因有一個。

——殺害古林奏太的犯人至今尚未落網。

雖然我每隔一小時就會看一下網路新聞，但沒有後續消息。在完全不知道警察在做些什麼的情況下，只有時間流逝，並且傳著真假不明的八卦。

如果能夠抓到犯人，不知會有多麼令人安心。

但既然犯人還沒落網，我們就只能懷疑田貫了。如果現階段久米井和渡利並不知道那把染血的求生刀是怎麼回事，那麼田貫很有可能有關聯，再加上她現在失蹤，就更加可疑了。她是不是發現我在追查，因此害怕了呢。

以目前來說，田貫是犯人的可能性變高了。

渡利不太有自信地皺了皺眉。

「沒辦法先問問看田貫狀況嗎？」

「我是很想，但既然不知道她上哪去了，就沒辦法。」

我們應該是很難自力找出田貫吧，因為我們根本想不到她可能會去哪裡。在這個連年增加空房的矢萩鎮上，多的是可以避人耳目的地方。光是沒在利用的農業倉庫，就可能有幾十、上百個。

說起來如果找人這麼容易，失蹤生活也不會這麼簡單就能執行。

我在苦惱過後說：

「我覺得該去報警。」

「你認真的？」渡利淡淡地反問。

「對。如果把我們所知情報告訴警方，警方可能願意保護我們。要是田貫露宿在外，很可能會遇到別的犯罪行為。」

我覺得田貫原本就缺乏保護自己的想法。光是女高中生大半夜出門就夠危險了，她竟然還可以每天這樣。

「我覺得對你們兩位很抱歉，但我想這樣做最好。」

我說完，渡利和久米井不出所料地因為不安而扭曲了表情。

他們應該不想回到那個被當成嫌犯的教室裡吧。尤其現在還不知道久米井遭遇的問題是不是已經解決了。

久米井摸了摸長長的瀏海。

「是沒錯，但能不能再等一段時間？」

她的說法有點不乾脆。

我和渡利持續盯著久米井瞧，她以深黑的眼眸回看我們。

「沒有證據可以指出田貫是犯人對吧？我覺得她應該也是另有隱情。那麼，在報警之前，我們是不是應該先試著了解她看看？」

「……具體上是指？」

「去收回她的手機如何？裡面一定有個資吧。」

久米井的發言讓我不禁大吃一驚，雖然說得沒錯，卻是相當大膽的做法。

在大家上演失蹤劇前，我曾經特別叮囑過要把手機放在自家裡，避免被追蹤去向。所以田貫的手機應該在她家。

久米井毫不遲疑地說道：

「我們潛入田貫家看看吧。」

在時間來到晚上十點時，我和久米井一起前往田貫家。

不管看幾次，這裡都是氣派的日式房舍。主屋、副屋、倉庫圍成ㄈ字形，庭院裡面種植了漂亮的松樹。

然後我們要強行潛入。

聽起來雖然是亂七八糟的點子，但實際上並不壞。因為我知道田貫不時會在深夜回家，而她應該沒有在那些時間點上遇到家人。那麼我們晚上溜進去，確實有可能在不被發現的情況下找回田貫的手機。

至於說渡利，我們讓他在大樓裡留守，因為田貫有可能回去。

「這是我聽田貫說的。」

在前往田貫家途中，久米井補充。

「她是獨生女，父親一個人在國外工作，母親則在萩中市的便當工廠上夜班。」

這樣的情報很可靠。

我們站在拉門前，模仿田貫從信箱後面找出鑰匙，並且謹慎地豎耳傾聽，但沒有聽到任何聲音。接著鼓起勇氣，將鑰匙插進鎖孔。

這時，我看了一眼掛在拉門旁邊的名牌。

在「田貫」下標示的名字，有時枝、甚八、裕子、凜四個。

我停下原本打算打開拉門的手。

「田貫家好像有四個人。」

時枝女士——也就是她祖母應該在家裡。

確實有撞見的風險存在。

「我們快點解決吧。」久米井道。「畢竟我們只需要拿走手機就好。」

沒錯。雖然這樣完全是竊盜，但我們都已經有所覺悟。

我們小心翼翼地開門，避免發出聲響。玄關掛著照片，是插花和站在一旁的高雅年老女性，應該是田貫的祖母，田貫時枝女士吧。

這時一股刺激的臭氣傳來，讓我立刻按住鼻子。

——感覺這氣味很像人的糞便。

我和久米井同時看了看彼此。

足以影響生活的臭味充滿家中，我們拚命忍耐不要反嘔。看來得花上一段時間才能適應。

田貫家到底發生了什麼問題？

是說那個晚上，田貫怎樣都不願意讓我進家裡——應該是想要隱瞞這股臭氣吧。

「你看。」久米井拉了拉我的衣服。「那個房間有燈光。」

她手指著長長的走廊，走廊最後面的房間透出些許光亮，從外面看不出來。田貫的祖母，時枝女士應該就在這裡。

惡臭似乎也是從那個房間飄出。

冷汗滑過背部，我已經多多少少察覺到，要前去那個房間需要勇氣。

「該怎麼辦？」久米井低聲問。

「能怎麼辦？」我搖頭。「妳不是才剛說快點辦完正事走人嗎？我們不該做無謂的事。」

「可是我不能不管。」

久米井的聲音很強硬。

從瀏海縫隙間可見的眼眸，充滿明確的使命感。她似乎也多少掌握了現況。

那個房間應該隱藏著田貫的祕密。

確實，比起在家裡搜找，直接看看那個房間的狀況應該更容易理解。

「好。」我點點頭。「我們就盡量做到能做的吧。」

我憋住氣，沿著裝設塑膠扶手的走廊前進。

走到底，旁邊是一間開著燈的房間，橘色光線從房門的採光窗透出。

我戰戰兢兢地敲門，沒有回應。

久米井打開門鎖，我們吸了一口氣後進房。

和室中央躺著一位白髮老女性。

她睡在可以調整枕頭位置高度的醫療床上。老年女性在大概傾斜了約二十度的床鋪上，以和善的眼神看著我們。

這位應該就是田貫時枝女士了吧。她以茫然的眼凝視過來。

「裕子……？」

幸好她的視力似乎不太好。

久米井立刻向前一步。

「打擾了。」她卸下口罩，以開朗的笑容帶過去。「我是照護員，是田貫裕子拜託我來的。」

這當然是騙人的。還好時枝女士沒有突然大聲喊叫，讓我鬆了一口氣。

我一邊感受著心臟狂跳，等待回答。

「……謝謝您一直以來的照顧，總是勞煩您過來。」

時枝女士小聲說道。

我安心地鬆了一口氣。

田貫時枝的失智症似乎滿嚴重的。即使久米井這樣說謊，她也沒有懷疑，只是一直回答「是的、是的。」

她的聲音聽起來很像淺淺睡著的感覺，也很像在說夢話。

臭氣似乎是從她的腰際散發，也可看見穢物弄髒衣服的痕跡。從臭氣已經擴散到家裡來看，她應該長時間被這麼放著了吧。

「我們來吧。」久米井小聲說，我也「好。」地回應。

不能就這樣放著田貫的祖母不管。

我們兩人一起試著照護她。

我們想說先讓她喝個水，但只是這樣就花費了很大功夫。雖然我們把裝了水的杯子送到她的嘴邊，但大多水都濺了出來，弄溼衣領。

接著進入擦拭身體的工作。我抱起時枝女士的身體，讓久米井脫下身上衣物。雖然身上的衣服是容易穿脫的釦子款式，但因為久米井動作沒那麼順暢，導致我的手差點抽筋。

幫時枝女士褪去上衣之後，我用久米井準備的溫水和毛巾擦拭能夠擦到的部分。時枝女士放鬆了表情，不斷重複著說「謝謝您」，我溫柔地撫過滿是皺紋的背，不知為何心裡一陣酸楚。

我疊好用過的毛巾，將剩下的工作交給久米井。接下來必須脫掉時枝女士的內褲與尿布，我這個異性並不適合擦拭被排泄物弄髒的部位吧。

「交給我吧。」久米井認真說道。

我抱起時枝女士換下來的衣物，尋找水龍頭。雖然很想丟進洗衣機內清洗，但也不能留下我們造訪過的痕跡。

我找到廚房，在流理台把弄髒的部分仔細清洗乾淨，覺得雙手疲憊到要發麻。畢竟我一直抬著四十到五十公斤左右的重量，而且不能像抬東西那樣隨便亂拿，其實很吃力。田貫一直都做著這麼粗重的工作嗎？

我想立刻弄乾衣物而找起熨斗，不知道收在哪個房間。我隨意打開眼前的房門，摸索著開燈。

「堀口，我弄好了。」

久米井在這個時機從我身後發話。

我「嗯」地回應。「那得幫她換上衣服。」

「我已經換好了，房間裡面有衣服。」

「咦，妳一個人弄完了？」

「嗯，對啊，不行嗎？」

「啊，不，畢竟我們是外行，可能還是兩個人配合著做比較好。我在新聞上看到過，照護的時候可能不小心跌倒或者在浴室溺水之類的。」

我這樣說，久米井有些抱歉似地垂下頭。

「嗯？」這時久米井皺眉。「那個房間是？」

我打算進入的，是一個鋪設了淺綠色地毯的寢室。寢室角落放了一張書桌，上面排著熟悉的教科書。

應該是田貫的房間吧。

看來我是偶然打開到了她的房間，我跟久米井一起走進去。

書桌上面放滿了英語參考書。從小學生的教材到準備大學考試用的，應有盡有。還有學習英語會話的教學ＣＤ，她一直很努力學習吧。裝飾在桌上的玻璃精雕，應該是國外帶回來的小禮物吧。

我在她的書桌旁邊找到依然接著電源充電的手機，裡面說不定會有她消失的重要提示。我隨意拿起手機，不小心弄掉了放在桌邊的檔案盒，文件滑落。

「你喔。」久米井嚴肅提醒，我急忙收拾。那是一疊眼熟的考卷，是我校一年級的期末考和二年級期中考用卷子。田貫似乎會好好地保管期考的考卷。

雖然覺得不可以看，但我仍不小心看到了其他考卷的成績。

——現代國語「34」。

——數學Ｂ「29」、世界史「46」、古文「23」、英語「82」、生物「27」。

期考成績一字排開。矢萩鎮立高中的考題，基本上都設定在學生平均可以拿到70分的程度，但田貫除了英語以外全都不及格。

久米井也吸了一口氣，輕輕碰了考卷。接著像是想起該收好東西一樣小心翼翼地撿起考卷，收回檔案盒。

我們打開手機電源。

幸好手機沒有上鎖。主畫面上排滿了色彩繽紛的ＡＰＰ，其中有一個是日記ＡＰＰ。久米井的手指毫不遲疑地點開。

日記沒有每天寫，會在隨便亂跳的日期上留下紀錄。我們從最近，也就是今年六月寫下的日記開始回顧。

『6／16　累了，沒辦法再看顧了。』

『5／23　期中考成績出來了，一直退步。』

『5／19　祖母被特別安養老人院趕出來，好像是因為她抓傷了裡面的員工。結果只在那裡住了一星期，明明是好不容易排進去的。奶奶說她不敢在不熟悉的床鋪睡覺。其他安養院也沒有空床。』

『4／23　因為睡眠不足，根本無法思考。作了一個自己吐了很多黑黑的東西的夢，然後被奶奶一邊哭一邊叫我的聲音吵醒，那時候是早上四點。真希望仍然是一場夢。』

『4／20　知道我的狀況後，奏太顯得有點退縮。他的反應讓我很難過。』

『4／14　新學期開始之後，我馬上找班導面談，並告知祖母的狀況。班導稱讚我「很了不起」，讓我覺得無力。我不是想要被稱讚，不是什麼「很了不起」、「很辛苦」、「很偉大」之類的，而是不得不接受的現實。就算聽一百次「很了不起」也沒有任何回報，哪裡也去不了。不過，我到底想聽別人說些什麼呢？』

『3／13　我聽到奶奶跟媽媽抱怨的聲音，就在我忘了幫奶奶換尿布之後。她說

「凜想要殺了我」，我只能掩耳當作沒聽見。』

『3／4　每星期來兩次的照護員照顧完奶奶之後回去了，我一邊看著對方的背影，一邊心想「那並不是來支援我的人呢」。』

『2／21　跟朋友話題對不上，好難過。無論假日還是平日，我都沒空。即使跟人家講，也只會讓人敬而遠之，所以我不說，只能緊咬嘴唇，心想不能認輸。我為了不讓人看到我咬著嘴唇，於是在教室位子上枕著手臂趴下，並反覆告訴自己不能認輸。』

『1／4　新年，親戚已經沒人會來了，爸爸也不回來。我應該是被拋棄了吧。』

一粒水珠滴在手機上。

久米井眼中噙著淚水，凝視著手機。

我也拚命按住發熱的眼頭。

我們徹底明白自己真的什麼都不知道。無論是田貫身處的遭遇，還是她懷著怎樣的心情逃進我住處。

我彷彿被催促著般翻頁。

『12／3　奶奶又在半夜跑出去了，晚上還是睡不了覺。』

這時，走廊傳來腳步聲。

我想起來了，時枝女士的房間被從外面反鎖，也就是軟禁了她，不讓她出來。

我抱著不祥的預感跑出去。

時枝女士在玄關扶著扶手，打算光著腳就這樣出去。

「不可以，請回去。」

我擋在門前，輕輕握住她的手。

時枝女士一副很困擾的樣子揪起了臉。

「對不起，那孩子在哭……他從以前就很怕黑……我必須去接他……」

時枝女士反覆著莫名其妙的囈語。

「請您回房間。」

我努力擠出話語。

但時枝女士非常堅持。她嘀咕著「拜託您，麻煩了」，並想從我身旁穿過。我不知該如何應對，只能不上不下地伸手阻止。這時時枝女士用指甲抓傷我，手臂上出現紅色傷痕。

久米井拍了拍時枝女士的肩膀說「我們先喝口水吧」，想藉此分散她的注意力，但卻遭到無視。

時枝女士囈語般地不斷說著「請讓開……那孩子會……」並伸手打算開門，聲音悲痛得像是跟心愛的人拆散了一樣。

有種好似我們是壞人的感覺，令我心痛。

「田貫凜同學應該是很猶豫——」

回過神時發現話已出口。

「無論失蹤時，還是失蹤之後，她一直到最後都很迷惘，因為她擔心時枝女士。我知道，她最喜歡奶奶了。」

田貫的料理總是那麼美味。應該是她為了透過柔和的口感讓祖母滿足，因此努力過後的結果。

「她很棒，我很尊敬她，我覺得她是一個很棒的孫女。而被這樣的凜同學所愛的時枝女士，想必是一位出色的祖母吧。」

過去田貫曾經說過。

她為了去看祖母的插花展覽而前往洛杉磯的經驗，讓她嚮往國外。對她的人生而言，祖母的存在非常重大，這點毫無疑問。

我雖然絲毫不打算否定時枝女士的人格——

「但是……您不能這樣在外遊蕩。只要您出門，凜同學就必須去找您，她必須一直陪伴您到早上……所以她白天才會一直睡覺啊……！」

我一口氣說完，需要調整呼吸。

這行為並不正確，時枝女士沒有任何惡意。我聽說斥責會讓對方腦部萎縮，導致失智症狀加劇。原本應該存在於腦海的知識，卻如此輕易地被眼前的現實抹煞。

即使一點點也好，我希望田貫的心情能夠傳達給她。我抱著抓緊最後一絲希望的心情看著時枝女士。

「……凜。」

時枝女士歪了歪頭。

「請問，那究竟是哪一位呢……？」

她這純然的疑問讓我雙腳無力，沒想到如此單純的問題聽起來竟是這麼殘酷。一股苦澀在口中擴散。

之所以回過神，是因為背後傳來東西掉落的聲響。

「田貫……」

我聽到久米井細小的聲音。

回過頭去，看到一臉快哭出來的田貫凜站在那裡，背包從她無力的肩膀上滑落。

田貫凜熟練地送時枝女士回房，並讓她睡去。確認祖母睡著之後，她以顫抖的指尖從外面鎖上房門，靜靜地離家。這樣的軟禁行為是否是一種虐待呢？但為了保護時枝女士的人身安全，又不得不如此。

「田貫……」

離開家之後，久米井的手臂圈住了田貫的脖子，並用力將她拉過來。

「妳至今都上哪去了？我們真的很擔心妳。」
「即使這樣也不至於潛入我家，還幫忙照護第一次見面的我奶奶吧？你們很大膽耶。」
田貫很困擾似地歪了歪頭，拍了拍久米井的肩膀。
雖然不否認我們的行為頗為輕率，但現在不是說教的時候。
我要久米井先冷靜一下，讓她放開田貫。
「田貫，能不能談一下？希望妳能告訴我們包含離開的理由在內，至今為止的所有事情。」
久米井放開田貫，有些害臊地垂下臉。
田貫點點頭說「嗯，說得也是」，並一邊走在回家路上，一邊說明。
原本時枝女士似乎是個很有活力的祖母。她是插花老師，也指導過孫女田貫。裝飾在玄關的插花照片，就是當時的作品。
罹患失智症是三年前的事情。在祖父過世之後症狀突然加劇，從忘記小事開始，後來是會在超市買好幾個一樣的東西。當本人認知自己有這樣的狀況後，因為打擊而自我封閉，減少外出後症狀更加惡化，後來演變成深夜在外徘徊。這是田貫高一的事。

田貫的母親上夜班，因此出去帶深夜在外遊蕩的祖母回家，就變成了田貫的工作。

如果強行阻止時枝女士，她會陷入恐慌狀態。所以田貫只能叫住幾乎每個晚上都打算出門的祖母，並且陪她說話直到她平靜下來。最近祖母的身體狀況愈發衰弱，甚至連洗澡都需要人幫忙，但偶爾還是會撐著顫抖的腳在外徘徊。

於是田貫自然而然變成整晚都醒著。

因為只有她能支援奶奶。

把照護這樣沉重的工作交給一個少女負責——就是所謂的未成年照顧者。

只不過，另外有一個人知道田貫這樣的狀況。

那個人就是古林奏太。

「奏太常常來幫我忙，因為小時候祖母也很常陪他玩，我想他應該是想要報答祖母吧。」

古林奏太和田貫凜的父母彼此常有交流，據說兩人從小就很熟。而就像很多青梅竹馬那樣，兩人到了青春期之後自然產生距離，變得不太說話了。

兩個人之所以能再次交談，就是因為得要照顧時枝女士。

古林奏太沒有遺漏田貫凜的模樣看起來日漸憔悴。
「這很有古林的風格呢。」我回道。
他一定放不下田貫吧。
回想起來，我第一次造訪田貫家的時候，除了田貫自己的腳踏車之外，另外還有一輛貼了學校指定辨識貼紙的腳踏車停在那裡，應該是古林的車吧。
「是啊，奏太很了不起，可是他太認真了。」
田貫覺得遺憾地搖了搖頭。
「後來奏太他自己也疲憊了起來，因為奶奶常會對家人大小聲，我想奏太的精神應該受到比較大打擊……因為奶奶連奏太的名字都想不起來。」
「該不會……」久米井插嘴。「他就是因為這樣才會去掐渡利的脖子……」
「應該是遷怒吧。奏太常說，如果國家或鄉鎮政府能多花點錢在福利上，就能增加安養院了。」
這實在讓人很難承受。
照護的壓力，是否轉變成針對請領生活保障給付的渡利的怒氣了呢。感覺他找不到發洩這股焦躁的出口。

「我真的看不到未來……」

田貫愈講愈激動。

「奶奶被好不容易入住的安養院趕出來……然後只有我能照顧她，所以我每天晚上陪她，早上則努力去上學，但我真的太想睡了，根本沒辦法上課……我的夢想離我愈來愈遙遠了……而且還完全無法卸下這個重擔……」

田貫痛苦地告白。

「——等我回過神，我竟然打了奶奶。」

我說不出話，久米井也倒抽了一口氣。

田貫自嘲似地扭了扭嘴角。

「很神奇吧？我明明那麼喜歡奶奶。」

她說道。

六月底，當她正在準備考外語大學而努力讀書的時候，祖母開始遊蕩。當她阻止半夜三點想要踏出家門的祖母時，發現祖母不記得自己的名字，然後她因為衝動而動了手。

田貫心想，為了保護自己與祖母，必須離開這個家。

正好就在那時候，我跟她提議上演失蹤。

「不過，已經到極限了吧。」

田貫仰望夜空，自嘲地笑。

「要是我不回家，奶奶就太可憐了。之所以離開堀口同學家，也是因為我想，這樣下去不行。」

我握緊拳頭。

一直負責照護的女兒離家出走，而得上夜班的田貫媽媽想到的方法，就是從外面反鎖房間，藉此軟禁時枝女士吧。

我不能再讓田貫住下去了。

但我該對她說什麼才好呢？

「田貫……」久米井安慰似地說。「這樣真的好嗎？要是現在回家了，接下來好幾年妳都得——」

後續話語被風吹散。

接下來她必須花費多少歲月在照護上呢？晚上負責照顧祖母，白天只能在學校睡覺的她，根本看不到可以實現夢想的未來。

「久米井同學。」田貫笑了。「可以讓我跟堀口同學獨處一下嗎？我最後想好好跟他說些話。」

久米井看了我的臉一下，接著像是理解了什麼般點點頭，拍打了一下我的手臂。然後站在田貫面前，直直地看著她。

「我知道在這個時間點問這個問題很過分。」

「什麼事？」

「古林不是妳殺的吧？」

田貫的表情毫無變化。

「不是，我沒有理由殺他吧？」

沒錯。田貫殺害會幫她照顧奶奶的古林，可說是毫無好處可言。

「嗯，說得也是，謝謝妳回答。」

久米井揮揮手，朝通往大樓的路奔去。

・・・

我跟田貫走在繞遠路的路上，彼此交談。

我們在蛙叫聲此起彼落的田埂上慢慢前進，如果不是旁邊有國道燈光，在這個一點月光也沒有的夜晚，很可能一不小心就摔到泥濘裡。

「堀口同學你真的很厲害，還有這麼多國外粉絲支持。明明英語亂七八糟的。」

「……我就不擅長英語啊。」

「我玩了之後差點笑死，你根本就是把翻譯軟體的內容複製貼上吧。」

「沒關係啦，反正玩家可以知道『攻擊』、『逃跑』、『道具』就夠了。」

「喔，是這樣喔。」

「也可以試著玩看看海外的獨立製作遊戲喔，比方在畫面呈現方面，跟日本的遊戲不同，比較寫實又噁心。」

「是文化差異造成的嗎？美國的卡通也是很多流血場景呢。」

「……我不太看動畫之類的。」

「這樣啊？下次推薦幾部給你。」

我和田貫有時會靠近到袖子彼此磨擦的距離，持續著毫無意義的對話。我倆明明一個月前，在教室也是一句話都不講的關係。這兩週真的一直發生作夢也沒想過的事情。

田貫雖說「最後想好好跟我說些話」，但她似乎有些難以啟齒，而我也什麼都沒說。因為我覺得要是我開口了，跟田貫之間細膩地累積下來的某些事物似乎就會崩塌。我們兩個持續沒有重點的對話，彷彿在衡量彼此的距離。

眼前有一輛卡車猛力爬上坡道。

田貫稍稍躲開，並凝視著卡車說：

「我可以去哪裡呢？」

登上坡道，從「夢幻城」的旁邊穿過，將會通往高速公路。從高速公路穿過幾條隧道，將可抵達名古屋，從名古屋要前往東京或大阪都可以。

剛剛經過的卡車，可能擾亂了田貫的情緒吧。

「我想時間應該很快就會過去，我或許將會在無法升學也不能就業的情況下，不知不覺到了二十歲、二十五歲、三十歲。當到了三十歲，才能開始自己的人生，但沒有證照、沒有資歷也沒有學歷的我，能做些什麼呢？」

她仰望天空。

「好難。」

這兩個字深深撼動我的心。

「安養院有沒有空床呢？」

「沒有，到處都忙不過來。」

如同田貫的日記所述的顯而易見答案回了過來。矢萩鎮的高齡化程度遠比全國平均高，大家都在搶奪照護人員和安養院資源。

五年後會消失的小鎮——這就是我們眼前的現實。

「如果把範圍擴大到整個縣，可能還有地方有空位，但那些地方費用都很高，我們支付不起。」

「這樣啊……」

「這也是沒辦法，畢竟我最喜歡奶奶了。」

看著田貫開朗的笑容，我有點想哭。

「我明天會回家。」田貫停下腳步。「我還是得離開那個壁櫃裡的小世界。」

我也停下，在坡道中間跟她面對面。

田貫用手梳開亂七八糟的自然捲頭髮，先緊抿了一次嘴唇才說道：

「堀口同學，謝謝你。你讓我在你家住了幾天，我很高興。」

我感覺到心窩一股重壓。

我無法不吭聲。

「我說田貫啊。」我直接說出想法。「不然我也去幫忙吧？像古林那樣，之後可以去幫忙，盡量減少妳的負擔。」

「不可以啦。」田貫制止我說下去。「堀口同學你要製作遊戲對吧？」

「這……」

「照護雖然是很棒又很高尚的工作，但是很辛苦，而且還會弄傷腰，又不會因為這樣能習得一技之長。堀口同學只會像奏太那樣累壞自己。」

經她這樣溫柔勸阻，我只能為自己的毫無計畫性感到羞愧。畢竟我不可能每星期好幾次前去幫忙，而且若有個什麼萬一我也無法負責。

偽善。我並未有所覺悟，能為了照護她的祖母犧牲人生。

我低下頭，田貫溫柔地說道：

「堀口同學，你不是想成為遊戲製作人嗎？」

「咦，我還沒有……」

田貫很意外地瞠目。

「啊，是這樣啊。我還以為你會去念專門學校，或者畢業後直接經營個人工作室之類。」

她應該是看我如此投入遊戲製作，才這樣認為吧。

我還沒決定畢業後要做什麼，我不具備可以到遊戲公司任職的社交能力，也沒有覺悟要靠獨立製作吃一輩子。

我以前跟她說過，我覺得必須離開這個小鎮。這句話並不假。

但否定的話語卡在喉嚨，我並不想無謂地浪費逐漸湧現的情感，強大的熱度從身體深處冒出來。「不，不是這樣。」我搖頭。

「我今後也會繼續製作遊戲。我想製作即使是像妳這樣痛苦的人，也能隨時享受、獲得娛樂的遊戲。我就在剛剛，很強烈地這樣想。」

這只是一種衝動，是我在接觸到田貫的困境後冒出來的情緒。我能為她做的事情無他，就是打造出舒服的娛樂。即使只是一天花十分鐘，但我希望能夠給予她，無論在怎樣的狀況下，都能令內心雀躍的事物。

我想創造一款不是為了我自己，而是為了服務他人而存在的遊戲。

我總算有雙腳落地的踏實感覺。

「雖然我覺得突然這樣跟妳說，妳可能也不太理解就是。」

「沒問題，我懂。」

田貫放鬆嘴角，羞澀地說：

「我會為你的夢想加油。」

・・・

——『快去死吧。』

過去母親對我說過的話，如同詛咒般無法忘懷。

七年前的記憶模糊，只有一些片段散落在腦海裡。

記憶中的母親總是怒氣沖沖。不但會對著電視或手機叫罵，也發生過喝酒喝到一半對著空氣中的幻影大罵的狀況。而曾幾何時，她大罵的對象變成了我。

當母親重重地掌摑我時，會以懼怕的眼神看著我，並且命令我在臉頰消腫之前不准出房門。我遵守了她的命令，也沒去學校，但當有客人來訪，我代替不願行動的母親應門時，又遭到怒罵，還被踢了肚子。肚子悶痛、身體發燙的狀況持續了好幾天。

我記得七月的時候，母親不知從哪找來大型犬用的籠子。我於是被關在籠子裡面，還從外面扣上掛鎖。我如果沒有縮起雙腳，連睡覺都無法。

被關在籠子裡的生活持續著。

期間有學校同學前來關心，但母親只是用我生病的理由把他們支開。學校老師也來了好幾次，母親則說我病到沒力氣見人，並把老師請了回去。除此之外，還有很多大人來找我，但母親卻說我為了養病而在老家生活，讓那些人吃了閉門羹。

我一直在房間裡，就在來訪客人所在的門後面約五公尺處挨餓。

我很想大喊，我在這裡。

我在這裡。被鐵籠子關住、餓得瘦削、包著尿布，連排泄都不能好好完成地蜷縮著。我看著自己愈顯消瘦的手臂顫抖著，媽媽什麼都不給我吃，簡直像坐牢。她放了一些帶有香氣的面紙進來，看著猛把它們塞進嘴裡，卻無法吞嚥而吐出來的我，笑了。

媽媽關掉空調，出外工作，房裡會愈來愈熱。你們猜，當房內沒有水之後我會怎麼辦？擰自己的衣服，喝自己的汗水解渴。很可笑吧？或者從籠子縫隙裡面強行伸出手，忍受著皮開肉綻、骨頭擠壓的痛，想辦法拿到放在桌上的罐頭。但我拚死拚活拿到的罐頭裡空無一物，母親喜歡刻意玩弄我取樂。即使如此我仍得挑戰，因為我很想要，想要殘留在那空罐底部的幾滴發泡酒。

但無論是誰來，我都不出聲。

只要弄出聲音，母親就會教訓我。拿小刀威脅我，好幾次被拳打腳踢。光是想像我呼救，卻沒有人聽見的未來，我就再也沒有力氣求救了。

那些大人偶爾會來我家拜訪，並在沒有發現我存在的情況下離去。

『都是你害我被盯上了』、『快去死吧』、『為什麼我得過這麼綁手綁腳的生活』。

母親用好幾種侮蔑的話語咒罵我，我逐漸乾涸。

蟬鳴聲逐漸遠去，我好想快點從這個世界消失。

後來母親因為跟我毫無關係的傷害事件被逮捕，她好像在超市順手牽羊，結果打了前來制止的店員。

在調查之際，覺得奇怪的警方前來救出我。

我被救出來之後，變得無法適應世界。

我總之很想知道，母親的恨從哪裡來，為什麼我非死不可。我希望獲得解答，因此讀了許多社會學書籍。我沒有上學，一邊查字典，一邊閱讀這些艱深難懂的專業書籍。

當我讀到《排斥社會》時，我深受震撼。那本書並沒有直接解釋母親為何做出這些毫無道理的虐待，但是當我知道類似這樣的攻擊、隔絕和互不理解充滿於這個世界的時候，我覺得非常可怕，雙腳無法動彈。

面對恐懼的日子開始了。

我在遊戲世界打造魔物，並思考破解方式，持續透過這個方法理解我身邊的世界。我將這些理解化為程式語言安排在遊戲之中，試著遊玩自己打造的遊戲，並盡量從客觀角度看清自身思考的偏差。認知行為治療法。我為了面對自己心中名為恐懼的魔物並克服牠，而不斷掙扎著。

這樣的行為替我帶來出乎意料的際遇。久米井那由他來到原本孤單的我的世界裡，並用音樂點綴這個世界。接著渡利幸也和田貫凜都刺激了我的心，改變了我。

想為了他人打造遊戲——有生以來我第一次這樣想。

想給予他人希望，即使是在這個被深沉黑暗支配的世界裡。

我想打造一款，能讓玩了的人，改變對世界看法的遊戲。

・・・

在那之後，田貫跟我說了很多。

時枝女士曾經接受過電視節目採訪。覺得人生在世，一定要去一次的國家已經列出了十三個。在壁櫥生活是自小以來的夢想。我自己其實也想試看看的事情。國外的遺跡、世界遺產簡直像是遊戲內的世界。曾經有一段時間很常跟古林奏太約會。

我不會忘記這段時間。

我們走上架設在根本沒有車輛經過的道路上的天橋，拉高目光高度後不知為何令人很高興，我們凝視著城鎮。我指著矢萩鎮高中的方向說「太黑了，根本看不清楚」，並且笑了，這時手機畫面上顯示的時間是「03：12」。田貫坐在天橋的欄杆上，拚命用右手維持平衡。遠處可以看到自動販賣機的燈光，還有風帶來了乾草的氣味。天橋上的扶手，依然殘留了白天的熱度。

無論經過多少歲月，我仍會記得這樣的夜晚美景吧。

在天橋上，田貫有些羞澀地說：
「結果犯人到底是誰呢？」
我可以看見她的雪白牙齒。
「不是堀口同學、不是渡利同學、不是久米井同學，也不是我的話，那是誰殺了奏太呢？」
我深深吸了一口氣。
空氣充滿肺部的感覺很舒服。
「我想跟妳還是要好好說清楚吧。」
「嗯？」
「犯人是誰——只有我知道。」

・・・

我和田貫回到家的時候，已經來到可以說是清晨的時間帶了。
渡利和久米井臉色鐵青地站在房內，兩手無力地垂下，感覺不到活力。他們雖然看了回家的我倆，但眼神昏暗沉重，彷彿什麼也沒看見那樣。放在他倆面前的筆記型電腦所釋放的光線，感覺格外白亮。

「堀口……」

渡利低聲說道。

「……這是什麼，你說啊。」

他的細長手指指向了電腦螢幕，上面打開著一個資料夾。左上角顯示點開的牛皮紙袋圖標，還有檔案名稱。

——『secret1』。

我的喉頭出現一股輕微但明確地被絞住的感覺。

那是我在失蹤生活前記錄的備忘錄。是我設了密碼，並且將之藏在硬碟深處的檔案。

「你是……怎麼打開這個檔案的？」

「使用專門軟體可以輕易打開。」

渡利簡短說明。

「你不要怪我。就像堀口你懷疑我那樣，我也會懷疑你。你應該明白吧？從我的角度來看，你確實也是嫌疑犯——」

我想起在矢萩自然公園時，露出有些受傷表情時的他。

渡利以懼怕的眼神凝視著我。

「比起那些，這些文字是什麼？」

渡利拿起筆電，操作了一下之後遞給我。

文字檔案開啟，我輸入的文字排列於上。

「解釋」無法理解、所謂的殺害、絞殺、刺殺、燒殺、感電、毒殺、墜落身亡、撞死、小刀、繩索、手槍、鐵撬、剪刀、汽車、燈油、防狼噴霧、學校、夢幻城、大樓、車站建築、到什麼時候？一定要。

我聽到田貫在我身後抽了一口氣的聲音。

渡利闔上筆電，往我靠近一步。

「堀口，這是怎麼回事？是你殺了古林嗎？」

三人從三個方位分別嚴厲地看著我，讓我喉嚨馬上乾啞起來。

我身上的缺陷，持續透過遊戲解讀世界。殺害魔物的選項，必須活用各種指令與道具，面對這些障礙。

「我……」我發出乾啞的聲音。「我……」

但我沒辦法繼續說下去，只有類似低聲呻吟般的聲音與可恥的喘息聲洩出。

久米井的手放在胸口，不安地叫了我的名字。

我必須立刻做出結論。

我大大跨出一步，推開渡利的身體。

「堀口？」

他高大的身子輕易地晃動著，彷彿出乎意料那樣睜大了眼睛，跟客廳茶几一起倒下。放在上面的兩個杯子掉到地上，發出清脆的聲音碎開。

我撿起渡利弄掉的電腦，背向他們，跑出房間。也不管後面傳來的制止聲音，衝進樓梯，投身於黑暗的世界之中。

第五章

漫長的暑假結束，第二學期開始了。

學生們有些浮躁地帶著笑容，邊跟許久不見的同學聊天邊到校。見到彼此的時候，每個人都會說出彷彿通關密語般的一句話：「糟透了，暑假竟然結束了。」話語本身雖然不怎麼快樂，但講話的態度卻有些歡快。

開學典禮開始。

一如往常的校長致詞，自始至終充斥著要大家好好面對這個最漫長的第二學期的內容。校長沒有多提到關於古林奏太的事，只是用一句話悼念他後，嚴正叮嚀學生們別隨便在社群軟體上提到本次事件的相關情報。

開學典禮結束，指定了各學科的小老師之後，二年A班便以抽籤的方式換座位。教室裡面已經沒有古林奏太的位子了。

班長波多野一副覺得很麻煩的態度，移走原本在中間那一排最後面的堀口桌子。

桌子裡面似乎還放滿了他的個人物品，沉重的手感讓波多野不悅地皺起眉頭。桌子像是被趕出去一樣先移到了走廊角落。

「還要幫堀口留位子嗎？」坐在走廊邊的男生問波多野。

「你問我問誰？」波多野困擾地回答。「他又還沒退學。」

「可是他一直下落不明吧？果然是堀口殺害了古林嗎？」

「誰知道。一度也有傳聞說渡利是犯人對吧？但如果渡利是犯人，他早就被抓起來了吧。既然這樣，應該就是堀口了？」

波多野的口氣很平淡。雖然很難說是有邏輯的推論，但因為他用理性態度述說，所以增添了不少說服力。

在波多野周圍的同學自然地轉向他。

「我從學長那邊聽說，在就業說明會之類的上面一講出我們學校的名字，馬上就會被說是那個發生連續失蹤案的學校這樣。」

波多野的話讓周圍的學生起了陣陣騷動。

「爛透了，第一印象居然是這個喔。會因為這樣不錄取嗎？」

「不至於吧。」

「不過也不會造成什麼好印象就是。會被認為是連續有學生失蹤，還發生了兇殺案的教室裡的人吧？根本只有扣分效果啊。」

波多野的話，讓附近的女學生不安地「啊——」了一聲。她應該是畢業後準備就業吧。

有一個男生煩躁地說道：

「很不爽耶，我們這邊就已經沒什麼好的就業選項了，他們這樣是搞什麼鬼啊。」

在每個人換好位子之前，以波多野為中心的學生們盡是把毫無根據的不安，以及對堀口的惡言發洩出來。

我則是持續聽著。

我——久米井那由他一直靜靜地在教室中央，聽著他們的發言。

如果可以，我也想反駁。我很想甩他們一個耳光，抬頭挺胸地大聲怒斥「又還沒確定堀口就是犯人！」

但這樣的衝動只是轉化為無意義的空想，我一動也不動。

我甚至無法袒護他。

我不知道真相。包括他的去向，以及他跟古林的事情有什麼關聯。

堀口博樹在那天晚上奔出大樓之後，就再也沒回來。

・・・

堀口離去，留下的我們只能呆立當場。我們無法理解堀口的反應，只能看著敞開的門。夏天的溼熱空氣竄進開了冷氣的房內，非常不舒服。

真的完全搞不懂。

渡利雖然展示了看起來像殺人計畫備忘錄的檔案，但無法證明就是他殺了人，不怎樣應該都有辦法解釋。

但他那樣害怕的反應究竟是什麼？

──難道堀口殺了古林奏太嗎？

我直覺性地想要否決。他確實因為古林奏太的死而傷心，並著手調查此案。如果他就是犯人，根本不必這麼做。而且如果渡利因此想要調查堀口，這樣的行為就是他自掘墳墓。

我不懂。

我完全無法理解堀口博樹的行動。

「他應該會回來吧。」我以空虛的聲音說。「並且解釋說這只是製作遊戲時的備忘錄之類。」

我好不容易說出這樣的推測，渡利和田貫則曖昧地點頭。

留在房內的我們，只能一直等待他歸來。

我們鋪好床，在一家之主不在場的房裡睡去。

隔天堀口也沒有回來，相對地前來的是班導以及自稱是堀口舅舅的男性。好像是有人匿名提供了情報，他們毫不客氣地以備用鑰匙開門，發現了我們。

我們的失蹤生活就這樣輕易地結束了。

我們上了車，被送到學校，接受漫長的偵訊以及說教。隨意外宿、犯罪邊緣行為、不正當異性交流——他們為我們的行為冠上各種名稱，加以處理。

後來警方也前來偵訊，我們於是招供了所有狀況。包括至今都住在堀口家、對於古林奏太的事件一無所知、堀口博樹不知去向等。我已經沒有力氣隱瞞，包括染血小刀一事，只能全盤托出。

了。

雖然不知道是哪裡洩漏出去的，但「堀口＝真正的犯人」這項情報馬上在學校傳開

校方威脅我們，再這樣曠課下去會無法升級，所以我們只能在兩天後回到學校。面對有如私刑一般的連續提問，我選擇貫徹沉默態度，但田貫和渡利似乎挺難熬的。

躲躲藏藏地過著日子直到迎來暑假，我們分別回歸各自的生活。我並沒有和田貫與渡利聯絡，只是一直躲在房間裡面。父母禁止我出門，我於是默默地持續創作樂曲。不管做出多好的曲子，都沒有人因此高興，只是徒增空虛的作業。

即使八月結束了，也沒有逮捕堀口博樹到案的新聞出現。

他依然維持著失蹤狀態。

・・・

班導布達完相關聯絡事項之後，只有半天課的第二學期第一天結束了。許多班上同學都還不肯回家，正在交換與古林相關的情報。因為暑假期間彼此見不到面的關係，各自收集到的情報和小道消息就像灑水一樣充滿整間教室。

「堀口犯人論」、「渡利犯人論」、「萩中市黑幫犯人論」、「隨機殺人論」等各式臆測彼此交錯，班上同學簡直像是玩耍一樣拿出許多論調出來探討。現階段果然還是「堀口犯人論」最有力，其次就是「渡利犯人論」了。我和田貫則沒有被提及。

同學的聲音很刺，像是會刺傷皮膚那樣。

缺少了古林奏太這個中心人物的班級，感覺就像一盤散沙，沒有人制止大家愈發偏頗刁鑽的發言，狀況只是愈演愈烈。

雖然我也期待著說不定有人握有什麼可靠情報，而在教室等了一會兒，可是馬上就發現是白費力氣。

就在我拿起書包站起身子時，有人跟我搭話了。

「我說久米井同學。」

我回頭。

一個頭髮留長到勉強不違反校規程度的女同學直直盯著我看，記得她好像姓柴岡。

「妳能不能親口跟我們說明一下整個案情的狀況？」

她帶刺的聲音讓教室瞬間安靜下來。

在教室裡的二十多位學生，一舉往我這邊看了過來。這時我才發現田貫和渡利已經回家了。

「大家是真的很擔心喔，所以啊，你們起碼該負起說明的責任吧？」

我繼續保持沉默，我自己有個規矩，就是在教室裡面一句話也不說。

「古林的事情也是啊。」

接著傳來了另一道聲音。來自一個壯碩、曬得黝黑、理了小平頭的男生。我不記得他叫什麼。

「妳真的什麼都不知道嗎？傳聞說是堀口殺的，你們幾個都沒有關聯嗎？只要把你們知道的事情告訴我們就好了。」

他眼中充滿了明顯的好奇心。

我決定無視他們，我也沒有義務告知。正當我打算快快離開而往教室前面的門過去時，柴岡彷彿要阻撓我般擋住了去路。

「……引起那麼大的騷動，你們都沒道個歉耶。」

——道歉？

我對她愈來愈激動的語氣感到困惑。

就算說得你們好像是受害者那樣，我也不能理解。我、堀口、渡利、田貫到底是做了什麼對不起你們的事情啊？我不懂，完全無法理解。現階段能得知的真相，只有古林遇害這一點而已。我什麼都不知道，也沒有參與其中。

為什麼我必須把在那個一房一廳空間裡面發生過的事情，一五一十稟報給你們？

柴岡焦躁地咋舌。

「妳一副與妳無關的態度，但實際上我們學校可是給人不好的印象了耶？」

論點亂七八糟。

雖然大家同樣以帶著敵意的目光看過來，但每個人的想法想必都不同吧。有想知道真相的人、有想要責備關聯人士的人、有想要聽到一聲道歉的人、有想要發洩失去古林怒氣的人、有因為殺人犯就在身邊而害怕的人——多少有些偏離主軸的話語一股腦丟過來，實在無法應付。

我轉身，離開柴岡堵住的門，往另一道門前去。

「不要逃避啦！」

某人的怒吼從背後傳來。

我沒有奔跑，只是以一如往常的步調穿出走廊，離開校舍。我準備搭乘的公車正好停在校門旁的公車站牌。

我搭上裡面塞滿放學學生的公車，閉上眼睛。

好累。

班上同學的聲音讓我想起不好的回憶。

像這樣如坐針氈的心情，不是第一次。

・・・

中學時代，我曾隸屬於一個小型偶像團體。

我出生、成長都在東京。在豐島區一個雙薪家庭誕生的我，五歲的時候，沉迷於父親買給我的智育玩具之中。只要按下琴鍵的一台簡單電子鋼琴，不僅能夠發出鋼琴的聲音，還能模擬吉他、小提琴、銅鈸等音色。我深深被只要發出樂音，就會感到無比雀躍的體驗吸引，整天都在玩那台鋼琴。

小學時期我就理解了作曲的快樂，並抱持將來希望能成為歌手的願望，想演唱自己譜出的樂曲。十二歲時，我學會了填詞，並且毫不遺漏地觀賞各式音樂節目，羨慕能以嘹亮歌聲演唱的人氣女性樂團。

父親理解並接納我的熱忱，讓我去參加某間演藝經紀公司的選秀。那是一間無人不知的大型經紀公司，經紀公司表示只要通過選秀，公司就會指派老師，並且有機會跟其他入選的成員共組樂團。

但當我收到入選通知之後，負責的製作人前來詢問我「願不願意在偶像部門活動？」理由是因為偶像比樂團更好推，可以在成名之後再轉為歌手。實際上也有很多偶像以這種模式獲得成功。

我希望盡快朝向夢想前進，所以在一旁聽的父親接納了我的期望，在合約上面簽了字。

我的藝名是「反町郁音」。

以「歌唱實力為賣點的偶像」為號召推出的五人組偶像團體，在偶像粉絲之間稍微打出了一點成績。但一開始主打的點馬上被推翻，反覆在「賣點是古典舞蹈」、「中華奇幻風世界觀」之類莫名其妙主題之間遊走，但幸好支持者還是有持續增加，我們的定位算是落在中等偶像團體。我是這個團的C位，在握手會或拍照會時雖然覺得心情很複雜，但我並不討厭看到高興的粉絲。

努力的結果，也有機會上小型實境節目。

但這卻成為意想不到的火種。

實際上，將會有多個偶像團體一起上這個主打直接了當地呈現偶像之間衝突、糾葛、嫉妒與成長的節目。節目沒有事先安排好的劇本，也沒有所謂的暗樁安排，但節目製作組把CD的銷售量和演唱會動員人數拿出來互相比較，藉此煽動參加者的嫉妒心。我們因此得知他們想要的反應，刻意假裝出悔恨的態度。

節目播出後，我成了眾矢之的。

我看著電視節目很是吃驚。在節目裡，我被塑造成壞人。我嫉妒頂尖偶像團體，時而投以銳利的目光，在精神層面步步進逼。我的上進心和認同需求強烈，是一個不論使用什麼手段都想往上爬的女孩。

把我定位成壞人，並讓頂尖偶像團體的成員克服苦難——節目整體就是這樣的架構。

不管怎麼看都是虛構的。節目組刻意把我因為疲勞而繃緊了的表情，和頂尖偶像害怕的影片交錯剪輯在一起。當某個人氣偶像訴說自己掉了錢包之後，剪接上我發笑的畫面，看起來可笑無比。

但追星族卻像是抓到好機會一樣不斷毀謗中傷我。

當我心想得好好解釋，並且開始使用社群軟體時，毫不間斷地發來的私訊令我顫抖不已。

『C位去死一死啦』、『唱得有夠爛，嫉妒鬼』、『偷人家錢包太那個了吧』、『竟敢欺負小詩乃，不可饒恕』、『醜八怪還以為自己是天鵝喔？』、『個性太爛，感覺會背地裡說粉絲壞話』、『聽說有陪睡喔』、『聲音真的很噁，聽起來很像兩棲動物』。

我渾身無力，覺得好像被拖進伸手不見五指的漆黑深淵。身體的核心扭曲、歪斜，足以震破鼓膜的巨響持續在腦海迴盪，一點一滴破壞著我。

節目八月播出，接下來的兩個月，我一直受到攻擊。

後來在練習歌唱時因為陷入恐慌引發過度換氣而倒下的我，離開了東京，決定搬到位在中部地區的母親老家來。

——一個月後，我退出偶像圈的消息，跟著我要去國外留學的謊言一起發表了。

抹黑我的行為延續了許久。

即使如此，我仍過了一年平靜的生活。轉學到這個可以說是鄉下地方的小鎮上的矢萩鎮立高中，我貫徹一個絕不在教室裡面說話的女學生身分。我留長瀏海蓋住臉孔，且隨時隨地戴著口罩，根本沒有人發現我。但因為我們的知名度本來就沒有高到遍布全國，所以也可能只是我多慮了。

經過短暫和平，升上高中二年級時的五月，話題再次燒了起來。

因為克服我諸多惡德行為而爬上來的偶像團體其中一人，突然發表引退宣言。眾人期待可以上紅白的偶像突然宣布引退，引來諸多臆測。包括跟其他成員不合、生病，還有一個就是因為我霸凌她而對精神狀況造成影響。

雖然我很想以一句「可笑極了」帶過，但粉絲們是很認真的。他們熱烈地討論名為「反町郁音」的偶像到底上哪去了。

我為了自保，在引退之後也會自我搜尋。儘管是一項很痛苦的作業，但仍是有必要加以確認。

『已經確認到「反町郁音」逃到哪裡和住在哪裡了，矢萩鎮上的某處。』

刊載在網路上某討論區的照片，就是我住處的照片。

我感到一股說不出話的寒意。

我不知道他們是怎麼找到的。知道我搬到哪裡的，除了家人以外，只有演藝經紀公司，以及原本團內的成員。或許是這之中的某人洩漏了情報，也有可能是陌生人在矢萩鎮上看到我，並進一步跟蹤。

就算想也來不及了，我只能被這些惡意擊倒。

這條留言，給我原本已經崩解的心下了最後一擊。

我失去一切活力——看不到可以再次歌唱的未來。

在教室角落持續作曲，算是我的些微抵抗。但這一切也都無所謂了，因為即使發表了，我的歌聲還是會敗給大多數惡意吧。說穿了，我的才華只有這點程度。

在手機輸入「矢萩鎮　自殺熱點」，就出現了位在愛情賓館旁邊的寂寥大樓資訊。

六月三十日，我來到大樓屋頂歌唱，那應該是我人生的最後一首歌。

——我就是在那時候與堀口博樹相遇。

在他的勸說之下，我恢復冷靜，並躲到堀口家避難。等到風頭過去之後，就不需要害怕了。只要過一段時間，一年前引退的無名小偶像什麼的馬上就會被忘記吧。也有可能因為住處公開，反而沒有人會再關心這個消息。我現在該做的就是乖乖躲好，不要回家。

從我家被公開到現在已經過了兩個月，網路上關注的話題已經轉移到矢萩鎮立高中發生的各種案件，沒人再關心引退偶像了。

即便如此，刻在內心的傷痕仍無法痊癒。

・・・

就在我想要擺脫痛苦的回憶而望著公車外的景色時，突然感覺到背後有一股視線。

這讓我整個背部冒汗。

我覺得有人從後面的座位，正盯著坐在前面的我瞧。這輛會開往山裡的公車，平常會有很多人在這一帶下車。我全身肌肉緊繃，甚至無法回頭。

我一直擔憂著，可能還有人在跟蹤我的動向。

如果只是我太自我膨脹就好了。

直勾勾地凝視著我的這道目光究竟是什麼？

我在座位上持續忍耐，這下開始有人從背後靠過來的感覺了。

「久米井同學，不好意思。」

對方跟我搭話。

我看向旁邊，一個戴著大圓眼鏡、臉上掛著開朗笑容的男生站在那裡。稍微染了一點咖啡色的頭髮，帶有漂亮的波浪捲。

「不好意思，突然跟妳搭話。我有事情想問妳。」

我保持緘默回看著他，他一副很困惑的樣子苦笑。

「妳該不會不記得我吧？我們同班耶？」

我點頭。我見過他，但我根本沒有記班上同學的名字。除了少部分人以外，他們的臉和名字是對不起來的。

他有何貴事呢？竟然不是在教室找我，而是特地追上公車來。

我正在戒備著是否該貫徹緘默態度時，他說出了意想不到的話。

「我是葉本卓，是堀口的生意伙伴。妳能不能跟我說說事件的狀況？」

我知道堀口有生意伙伴存在。

我曾經基於好奇問過他「你也有做網路宣傳BN或宣傳影片嗎？」他只表示「另有他人會做」，並沒有透露太多。他說這話的時候感覺帶著些複雜的情緒，讓我有點疑惑。

我沒想到那個人竟然是同班同學。

下了公車，我跟他一起走進一家咖啡廳。說是這麼說，矢萩鎮上沒有所謂的文青咖啡廳，那是一間在名為矢萩農業中心的農產直銷店旁邊的小店。老舊的紅白格子桌巾上面處處可見油汙，除了我倆以外沒有其他客人。

「你跟堀口很熟嗎？」

我問道，葉本瞠大了眼。

「原來久米井同學會說話啊，我甚至有要跟妳筆談的心理準備耶。」

「這不重要啦。」

「熟不熟喔，大概就是會互相傳訊息溝通的程度吧。」

葉本向店員點了冰紅茶，我點了可樂。葉本接過溼紙巾後，一副很舒爽的樣子用它擦臉。

就我看來，他並不像是堀口的朋友。

「感覺你倆之間的關係很尷尬。」

「或許吧。我覺得堀口應該不太知道該怎麼跟我相處。因為我是會主動跟人裝熟的類型，但堀口正好相反。」

「確實。」

「我們就是老交情啦，小時候在某處設施認識，到了高中重逢。他跟我說他有自製遊戲，我就建議他拿去網路上賣。我自己對行銷宣傳有興趣，所以幫他販賣。」

就在葉本說明幾件值得自豪的事情之後，我大致上看出他倆之間的關係了。

為了自己而埋頭默默打造遊戲，帶有工匠職人氣息的堀口；和能跟玩家同步，具備商人特性的葉本。這兩人個性雖然完全相反，但應該是很好的搭檔吧。他們推出的遊戲，據說在販賣全世界獨立製作遊戲銷售網站上，有衝到週銷前十名的程度。

我丟出了一直很在意的問題。

「我問你，堀口為什麼獨居？」

我並不知道他為什麼過著像是繭居在大樓裡面一般的生活，雖然我曾問過他本人，但他沒有告訴我。

葉本臉上勾著笑容揮揮手。

「我不能隨便告訴妳有關那傢伙的隱私狀況。」

「這樣啊，好吧，無所謂。」

「如果久米井同學無論如何都想知道，能不能請妳先開始說？」

在我問出「說什麼」之前，葉本挺出了身子。

「堀口他——真的殺害了古林奏太嗎？」

他的聲音誠懇，應該就是想問這件事才追上我的吧。

這時飲料上來了，我把附的檸檬切片丟進可樂裡面，並在口罩底下用吸管喝了一口。

「不知道。」我老實回答。「說真的，我什麼都不知道。」

結果，並沒有確鑿的證據能指出他就是犯人。我每天都會確認地方新聞，但並沒有類似的少年遭到逮捕的消息。他是因為下落不明而沒有被逮捕呢，還是洗刷了嫌疑呢？我們也無法得知警方內部情報。

完全不知道他現在人到底在哪裡。

「葉本同學也什麼都不知道吧？」

「當然。你想想堀口是那個個性，全身上下充滿祕密啊，我甚至不知道他窩藏了妳耶。」

這很像口風緊的堀口會做的事情，不是這樣我們根本搞不了什麼失蹤戲碼。

葉本一口氣喝掉半杯送上來的冰紅茶，將之重重放在桌上。

「久米井同學。」

「什麼事？」

「要不要跟我一起調查？我想知道堀口到哪去了。」

這是預料中的台詞。

我搖搖頭。

「……去問問田貫或渡利吧？」

「他們已經拒絕我了。我說，我不認為堀口會殺人，我只是想知道他現在是否平安。」

他那想抓住希望的表情，看了讓人心痛。

我也認為堀口不可能殺人，但就算想袒護，他仍處於下落不明的狀態。如果他真的沒做，只要堂而皇之表態就好了啊。
我想起警察訊問時曾說過的一句話：
「堀口房間沒有你們說的求生刀。」
聽到這句話，我馬上察覺。只有一個人可以拿走放在壁櫃最上層的小刀。
堀口收走了染血的求生刀。
應該是在我們被老師找到，並帶走之後吧。躲在大樓附近的他，應該等到房間沒人之後，才入內加以收走了。他收走了可能沾染古林奏太血跡的重要證據。
每想到這裡，我的心都像凍結一樣僵住。
「對不起。」
我輕輕低頭致意。
「我不想再回想任何與事件有關的事情了。」
我留下杯中還有一半以上的可樂，起身離開。
・・・

堀口博樹是個很奇妙的高中生。

他住在一間一房一廳的大樓房內，獨自默默地持續製作遊戲。讓想自殺的同班同學住進自家，某天甚至增加兩名住客。他明明就不是主動親近他人的類型，卻完全沒有表現出不悅。

我很自然地對他產生興趣，畢竟他是阻止了我因為自暴自棄而想自殺的恩人。

在田貫和渡利出門的晚上，我曾經問過他。

那時我剛沖完澡出來，看到他正用電腦瀏覽影片網站。很難得看到他沒有在製作遊戲，而且一臉正經地思考著。

「久米井。」

他跟我搭話。

「妳在屋頂上唱跳的是什麼歌？我覺得好像聽過，但想不起來。」

我說不出話。

當時我在屋頂上唱的是偶像時代的歌曲。是我拜託製作人，讓我演唱自己編寫的歌曲。雖然沒有收錄在ＣＤ裡面，但上傳到網路的演唱會影片獲得不少點閱數。

堀口似乎在影片網站確認偶像的ＭＶ影片，他應該是知道那是一首偶像歌曲。

「忘了。」我試著裝傻，並且刺探地問：「堀口喜歡偶像嗎？」

「沒有，只是因為我會開著音樂串流APP，偶爾會聽到。」

我因為他並不熟悉而感到放心。堀口是少數看過我真面目的人，雖然被他看到是無所謂，但我不太想讓人知道我的資訊。

堀口似乎正在休息。四個人都在家的時候，他大致上都會專注於遊戲製作，所以現在是個難得的好機會。

「那個，我一直很介意。」

我走近他。

「你第一次見到我的時候，用了『不安定的世界』之類的說詞勸我對吧，那些說法是從哪裡引用來的嗎？」

當時的他，非常努力用言語勸阻了想嘗試自殺的我，我看他的眼神就知道，他說的都是真心話。或許是因為這樣才打動了我。但我至今仍很在意那時候他的說詞。

——「想辦法在這不安定且恐怖的世界裡面生存下去的遊戲。」

我覺得這個說法很有詩意。

堀口「啊——」了一聲，摸了摸後頸。或許是害羞吧，只見他的臉頰泛紅。

「對，那是受到我喜歡的書本影響。喬克・楊的《排斥社會》，我很常閱讀。」

那本書一直放在電腦旁邊，我拿起來問他：「這是怎樣的書？簡單介紹一下吧。」他先略顯憂鬱地以「我不太擅長解說喔」開場之後，煩惱了一下，才開始說明。

「一言以蔽之，就是描述美國社會變遷的書籍。首先從過去——大約一九六〇年左右吧，當時社會安定，大家一起打造同樣的商品，加以消費，幾乎所有男性都獲得正規雇用，並保證將來的生活。無論從好的方面或壞的方面來說，都是個簡單易懂的時代。」

以日本來說應該就是高度成長期吧。人們在長期持續的良好景氣帶動之下，每個人都非常努力地工作。

「但是，當一定程度的物資流通到市民手中後，社會開始改變。首先，經濟成長趨緩，雇用型態也產生變化。社會變得富足之後，人們開始摸索符合自身價值的生活方式。」

他豎起食指。

「在這些原因交錯影響之下，社會漸漸失去了安定。」

我慢慢在腦海中整理，漸漸變得不安定的社會啊。

雖說「不安定」這個說法帶有一點負面感覺，但其實指的並非不好的變化。至少女性能夠在社會上立足是好的變化吧。

我老實這樣說，堀口也點頭同意。

「是啊，但也不都是好事。舉例來說，社會上出現很多樣化的工作型態，但其中也有所謂的非正規雇用。這樣的人就必須做出跟以往的人完全不同的生涯規劃。由人們自訂生活方式的時代來臨。」

堀口補充「也就是所謂的個人主義時代到來」。

「過去非常安定的社會已經不復存在，取而代之的是，人們開始有各種各樣的生活方式可供選擇。」

「我覺得這也不會不好吧，畢竟每個人有各自的人生啊。」

「沒錯，我們每個人都不盡相同，所以選擇適合自己的生活方式就好。這對我們現代人而言，已經是很熟悉的思考方式。自己決定自己要做什麼。」

堀口說道。

「但這樣的想法——其實是一種認定自己與他人之間價值觀不同的排斥態度。」

我「啊啊」地出聲。

在他說之前，我完全沒有認知到。

「每個人都不一樣」這種想法，其實包含了「我與你不同」的意思在內，就某種層面來說，確實是放棄理解他人。

「於是連結到了排斥他人的社會形態上。」

堀口繼續解說。

「我們變得有更多樣的生活選擇，但活在不安定社會的我們總是害怕風險，所以會透過攻擊不同群體來獲得安心。認定『那傢伙與我不同』，並當作社會上的惡予以排除。」

偶像時代的問題閃過腦海，那些網路上留下的各式咒罵——

堀口大大地嘆了口氣。

「記述以上過程與對此提出警訊的，就是這本《排除社會》的大概，結束。我說得很簡略就是了。」

他說完之後，一副為了掩飾害羞般起身，在杯中倒入麥茶，並大口喝下。看來是不太習慣說話。

我茫然地呆立當場。

不知是否偶然，我沒想到會與自身過去經驗重疊。但也許是因為他說話口氣的關係吧，我不僅沒有感受到被揭開瘡疤般的痛，甚至有種輕輕撫慰了我內心受傷不平部分的感覺。

讓我想要問他一件很重要的事。

「我說堀口啊。」

「怎麼了？」

「你為什麼喜歡那本書？」

他拿著杯子，緩緩眨眼。接著手指摩挲杯子邊緣，飲盡杯中麥茶後，放在桌上。

「我覺得完全符合我們。」

「……這樣啊。」

「無論是矢萩鎮或是日本都一樣。不，比起楊分析的二〇〇〇年美國社會，現在日本的不安更加攀升。日本的總人口開始下降，經濟持續低迷。當然，從整個世界的宏觀角度來看，日本還是很富裕的國家，但我們卻總是處於不安之中。我們看不到如何生活才能獲得幸福，內心非常苦、非常痛。當發現看起來幸福的他人露出破綻，就會加以攻擊。」

他凝視著窗戶。

透過窗簾敞開的窗戶，可以看見老舊的城堡，廢棄愛情賓館「夢幻城」。過去曾經繁榮，然後緩緩衰退的矢萩鎮地標。

從大樓這邊飛出去的烏鴉，消失在廢棄賓館深處。

「我第一次讀到這本書時，覺得這個世界很可怕。我打從心底顫抖，覺得書本好像告訴我，人生之中會有好幾次承受來自不認識的人的惡意那樣，然後我開始認為身邊的世界非常可怕。」

雖然我不是很懂這些話的意思，但我沒有過於追究。

他瞇細了眼睛。

「我現在也還是害怕，所以有時候也會想要消失。」

補充的這句話，不知道是不是說給我聽的呢？這話既不是說教、也不是忠告，而是包含了祈禱般的溫度。

我覺得心裡稍微輕鬆了一點。

他說完之後，再次回到製作遊戲的工作上，敲打起鍵盤。他的嘴唇抿緊成一條線，眼神嚴肅地埋頭專注。

對我而言，堀口博樹是個特別的存在。

他告訴我的事情，溫柔地滲透我過去所受的傷之中。在我決定自殺的那個傍晚，他拚命跑過來、對我說的話，我從未忘記。

他所說的話，沒有任何虛假。

——想多多了解你。

我想要貼近堀口博樹的內心，想要窺探他的內心。

也因此會躊躇，無法輕易介入。

他的溫柔背後，究竟潛藏著什麼呢——？

・・・

第二學期開始後過了幾天，我再次遇到田貫。

那是在我拒絕葉本之後兩天。這天我在學校也不發一語地度過，在放學鈴聲敲響之中，我直直往樓梯口去。

正當我準備走出校門時，一輛腳踏車從旁衝出，差點就要撞到我，害我不禁縮了一下。

田貫騎在腳踏車上。

銀色擋泥板反射仍熱烈的九月陽光，閃爍著光輝。

「久米井同學，抱歉。」田貫慌張地下來。「有沒有受傷？」

「嗯，我沒事。」

「太好了。」田貫放鬆了表情。

我已經一個月沒跟田貫說上話了。暑假期間，我彷彿�居那樣完全沒跟田貫或渡利聯絡，因為我覺得隨意跟他們交談，好像有種重新翻出整個事件的感覺，於是不禁逃避這麼做。

「時枝女士還好嗎？」我問道。

「不太好吧。」田貫回答。「我不在的那段時間，失智症好像又惡化了。妳有看到房間被反鎖了對吧？」

我點頭。

為了保護會在深夜外出徘徊的時枝女士，田貫母親選擇軟禁。即使理解這是迫於無奈的處置，但仍不是什麼看了舒服的景象。

「或許因為這樣，奶奶變得害怕乖乖待在房裡了。而且只要我稍微沒有關心她，她就很容易生氣。很奇妙吧？明明連我的名字都不記得了，卻對我離家出走一陣子的事情懷恨在心。」

「田貫……」

聽同班同學自嘲地這樣說，我不知道該跟她說些什麼。

田貫在放完暑假之後，仍一如往常地一直在課堂上睡覺。她趴在桌上熟睡，只是為了維持到校日數而緊抓著書桌不放。

「雖然我覺得這算不上安慰，但田貫妳不要太自責，妳沒有錯。」

「嗯，我沒事，我不覺得這有哪裡好或不好的，只是有點後悔。」

田貫握緊腳踏車把手。

「失蹤生活雖然快樂，但我認為那是錯誤的。」

她嘀咕一句「我該走了」之後，踏著踏板離開校門口。

——「那是錯誤的。」

我動也不動。田貫吐露的悔意，簡直像在我的腳上打了樁子那樣。

陽光灼熱著我，直到擔憂我中暑的男工友跟我搭話，我才回過神。

我上了公車，打開手機。堀口失蹤之後，我基本上每天都會傳訊息給他，但沒有回覆。即使如此，我偶爾還是會不死心地確認看看有沒有出現「已讀」記號。

我站在擁擠的車內，抓著吊環，在差點要被旁邊男學生的背包擠扁的情況下，一直看著手機。

這時，一條訊息傳來。

是班上的群組，裡面貼了一張救護車停在學校停車場的照片。

——『渡利幸也被送去醫院了。』

矢萩鎮上只有一間醫院備有急診功能。我馬上下了公車，轉車往矢萩鎮綜合醫院去。我在手機留下訊息後，坐在等候間的硬邦邦椅子上持續等待。

大約經過一小時之後，渡利現身了。

「渡利……」我起身，往他身邊走去。

「久米井，妳不必特地跑一趟啊。」

渡利害臊地搔了搔頭，他的額頭上敷了一塊大大的傷口敷料，在靠近右眼上面一點的位置，看起來會妨礙右眼張開。

「不是什麼嚴重的傷勢啦。」渡利笑說。「只是頭破了，縫了兩、三針，很快就處理好了。只是因為破的地方不好，流了很多血。」

「發生什麼事了……？」

「妳是來問這個的嗎？」

我儘管一邊點頭，還是補上了「原則上也是有點擔心你啊」這樣一句話。渡利揮揮手說「抱歉、抱歉」，並在等候間的椅子坐下。他說，因為父母在等，所以希望長話短說。

「我久違地回去參加社團活動了。暑假期間都沒回去練習，但我還是想回隊上。然後當然吵了起來，古林死了之後，隊上的氣氛糟糕到不行。」

「真虧你去了。」

「我也是鼓起很大的勇氣，因為只有回隊上才能好好打籃球。」

渡利表示，在騎腳踏車可以到的範圍內，其他幾所高中都沒有籃球隊，所以他無法轉學。因此如果他想繼續打籃球，即使環境令他如坐針氈，他也只能回矢萩鎮高中籃球隊。

渡利寂寞地述說自己的見聞。

「我想說好好跟他們解釋，他們就會理解。我老實地說，關於古林的死我什麼都不知道，伙伴們確實表示理解，也對過去霸凌我的事情道歉。」

「那不是很好……但看來不像？」

「周遭的人一致認為是堀口殺的，而我當然否定了。我不想認為是堀口殺的，所以告訴他們不是這樣，然後就吵起來了，因為大家都沒有地方可以宣洩情緒。」

我抱著愕然的心情吸了一口氣。

「渡利，你真是好人。」

「謝謝。然後他們就逼問我說：『那不然是誰殺的？』我因為無法應付他們，最終落得這個下場。我在跌倒的時候被折椅敲到頭。」

我直直地凝視他的額頭。

「……你傷成這樣還可以打籃球嗎？」

「在傷口癒合之前禁止運動，這也是沒辦法。」

他哀嘆似地呼了一口氣，把身體重量靠在椅子上，伸出長長的腿。雖然我沒看過渡利打籃球，但看到他結實的肌肉，我想他一定是個很優秀的選手吧。

渡利從口袋取出手機。

「對了，久米井妳看過這個嗎？」

他一臉苦悶地拿給我看的，是一個影片網站上，標題打著「水太深了——矢萩鎮立高中連續失蹤案⑨」的影片。頻道名稱是「推手頻道」。

我點點頭。

透過從黑色背景浮現的文字，顯示出了失蹤者B的情報。包括這個人在籃球隊遭到霸凌，還有受害者D也是籃球隊員一事。失蹤者B家有請領生活保障給付金，可能經濟上有困難，同時是嫌犯之一。這個網站似乎鼓吹「渡利犯人論」這個方向。

影片中間夾雜著廣告，看樣子有開收益。古林死亡一案產生意想不到的熱度，正緩緩地延燒。

「最近連其他頻道都有拿來做。」

渡利說得沒錯。霸凌、失蹤、殺人、嫌犯在逃，這些元素似乎透過網路刺激了許多人的好奇心。除了一開始的「推手頻道」之外，還可以看到其他好幾支影片，裡面提到了「堀口犯人論」或「古林自殺論」等推斷。

渡利苦悶地低語：

「我們的失蹤生活就這樣被公開、受傷、失去，到底有什麼意義呢……」

我扣著手指，聽著他如是說。

離開醫院的時候，外面下著傾盆大雨。

那是一場不合季節的午後陣雨。渡利因為擔心我而說：「要不要我送妳？」但因為我家很遠，所以我婉拒了。幸好我在書包裡面備有折傘，我於是在彷彿想要痛揍地面的雨水拍打之下，站在公車站等車。

渡利給我看的影片網站還沒有洩漏我的個資，只有提到二年A班的沉默女生。雖然對渡利過意不去，但我確實因此安心。然而我不知道自己的資訊什麼時候會被揭露，那些影片發表的內容超過警察公開的部分，做影片的人似乎跟學校裡的人有所接觸。

接連見了田貫和渡利，讓我內心一陣痛苦。

——在那段失蹤生活中，我們失去的東西真的比較多嗎？

我總覺得這個問題，對藏匿了我們好幾天的堀口非常失禮。

但田貫說「這是錯誤的」，渡利則說「有什麼意義呢」。

「……真不甘心。」

言語從唇縫洩出。

閉上雙眼，那一房一廳空間內的景象浮現在眼前。那天晚上，我們一起玩堀口買來的桌遊，直到夜晚仍不停歇的笑聲，彷彿昨日般清楚記憶。

我逃避了。因為無法承受痛苦，所以想要結束這段人生，但在那前一刻被堀口所救。我變得可以由衷地笑，已經好幾年沒有這樣了。

我好不容易獲得的安心，原來是虛假的嗎？

我很想大喊，不是。

我知道，即使這樣大叫，也沒有人會聽。

我很生氣，毫無緣由地。我不知道這股能量怎麼來的，但我知道怎麼排解。

必須揭穿——我重新這樣想——我想要知道在那段失蹤生活中所發生的一切。

我從書包拿出手機，打下訊息。

『葉本同學，我們要不要一起調查案件？』

我毫不遲疑地按下發送。

第六章

我們有三種途徑可取得堀口博樹的情報。

一是班導。我和葉本在放學後前往拜訪野口老師，直接詢問「堀口人在哪裡？」這位三十多不到四十歲的女老師，先是露出一副很遺憾的表情，然後才跟我們說「我也想知道」。

「即使我打給他的監護人，對方也只是回答『我不知道他去哪了』這樣。學校這邊已經無計可施了，目前他沒有提出退學，也沒有提交轉學申請。」

聲音裡面帶著無力感與放棄之情。

她平淡地跟我們解釋說，學校不是搜查單位，也告訴了我們「下落不明兒童」這個詞，是因為虐待、生病、失蹤等，導致無法得知去向的孩子們。

雖說堀口已經是高中生，嚴格來說不是兒童，但基本上是同樣的案例。

也就是說，這已經是學校可以掌握的範疇之外了。

我們也問了古林的案子現在怎樣了，但沒有更新的情報。

「不會因為我們是他就讀的學校，就可以收到相關訊息。我們完全是局外人，我自己也很想知道。」

「這樣子啊……」

「既然什麼消息都沒有公布，警方應該還在辦案吧。」

我們向老師道謝。

野口老師的笑容裡可以看出嚴重的疲累，應該因為連續事件導致她都沒有好好休息吧。我覺得我也有責任，所以再次深深地敬禮致意。

取得跟堀口有關線索的方法二——他的住處。

我在堀口失蹤之後，就沒有靠近過這裡。因為在這一房一廳的空間裡，雖然有許多美好回憶，但也同樣留下了許多苦澀回憶。

我努力徒步登上坡道，儘管滿頭是汗，還是來到了大樓前面。

我手上握著備用鑰匙。

「竟然有備用鑰匙。」葉本傻眼地說。「怎麼好像情侶那樣。」

「不是這樣，只是既然我們住在一起，還是有機會用到。」

姑且不論白天，我們晚上其實滿常出門的。

我們一邊閒聊，一邊打算穿過大樓大廳。那裡沒有自動上鎖系統，是個保全層級很低的出入口。

「等一下。」葉本喊住我。「信箱上面貼了貼紙。」

我「咦」了一聲。

大廳設置有各戶的信箱和宅配箱，堀口住的906號房上面貼了一張新的透明貼紙，「請勿投入傳單」的文字封住信箱，顯示這裡是空房。

「已經解約了啊。」葉本嘀咕。

這間充滿回憶的一房一廳房間，已經解約了。

轉瞬間，我們想得到的三個方法，已經有兩個宣告失敗。

星期六，我和葉本一起搭上了電車。

那班車通往與矢萩鎮相鄰的萩中市。雖然每小時只有兩班車，但感覺乘客人數比平常多。萩中市大概只比矢萩鎮稍微熱鬧一點，市裡有大型書店、流行的甜點店，還有

ＫＴＶ。矢萩鎮高中的學生想好好放鬆一下的話，就只能搭車前往萩中了。

我一邊望著窗外建築物逐漸增多的景象，一邊整理整個事件的情報。

我告訴葉本有關刀子的事情，就是那把案發之前出現在堀口房內，案發之後上頭染血的求生刀。

葉本說，他心裡有數。

「如果是堀口家裡的刀那我知道，我想應該是堀口高中一年級時買的。他有跟我說過，買來當製作遊戲的參考資料。」

「咦……？」

「敵人角色不是很多都有拿刀劍嗎？堀口很常這樣設計。」

我覺得心情沉鬱下來。

「那他一開始說清楚不就好了，說那是他買的。」

「他沒有解釋嗎？」

「嗯，他應該有說那不是他的。」

堀口可能不太擅長當場扯謊。

藏在電腦裡面的備忘錄「secret1」被揭穿時候，他應該有很多方法可以矇混過去。

他雖然冷靜沉著，但碰到緊急狀況就會順著感情行動。在面對田貫時枝女士的時候，也是出聲說話了。

那時候，我感覺好像在他的表情上窺探到他軟弱的一面——感覺像是在害怕。

「這樣啊……」葉本好像心裡有底那樣咬緊嘴唇。

「是說為什麼堀口一個人住？」

葉本還沒跟我說。

他從胸前口袋取出手機，看了看現在的時間。

「這個應該在我們等一下要去的地方可以問到。」

電車開始減速，已經能看到在矢萩鎮幾乎沒有的、十層樓以上的建築物。車內廣播告知列車已抵達萩中站。

「到了。」葉本起身。「這裡是堀口的老家。」

嚴格來說，似乎是堀口的舅舅家。

葉本只告訴了我最基本的情報。直到升上高中之前，堀口都住在這裡。小學時的葉本，似乎曾經來過幾次。

那是一間離萩中站不遠的漂亮二層樓建築。旁邊的房子也都很寬敞，可以看出這一帶住戶的所得不低。

葉本說他沒有事先通知，我帶著緊張感站在玄關，葉本按下門鈴後，一位氣質很好的中年女性出來應門。葉本低頭致意說：「阿姨，您還記得我嗎？我是葉本卓。」女性開朗地笑說：「哎呀，是卓弟弟啊。」並讓我們入內。

我們在客廳等待，一位略帶白髮的男性出現，他就是堀口的舅舅。在失蹤生活結束時，我曾經看過他一次。一開始幫我們開門的女性準備了紅茶與茶點端上，看來舅舅和舅媽都在家。

「我想說無論誰來拜訪都不奇怪。」

堀口的舅舅——名叫堀口徹——如此表示，妻子堀口雫則在舅舅身旁坐下。

「這位是久米井那由他。」葉本向兩位介紹我。「是博樹同學第一個收留的女同學。」

我低頭表示「當時給博樹同學添了很多麻煩」。

徹舅舅和雫舅媽表情平穩和善地對我揮揮手，看樣子沒有給他們太不好的印象。

「請問。」我立刻切入正題。「博樹同學現在人在哪裡呢？我想是徹舅舅您把那間大樓房子解約了吧？這是代表博樹同學不會再回來了嗎？」

「沒錯。」徹舅舅輕輕點頭。「博樹是這樣跟我說的。但我沒有向學校提出退學申請，以便他隨時可以回來完成學業。」

「這樣子啊。」

「但博樹他似乎不想再上學了。」

果然堀口已經不打算再回來了嗎？我覺得口內瞬間乾了起來。

雫舅媽以「應該要先說明當時的狀況吧」勸阻舅舅。

葉本也說「請您告訴我」，這回換雫舅媽開口說明。

「老實說，我們也是很混亂。應該是七月二十日的時候吧，清晨時分，博樹抱著電腦回來了。」

七月二十日——就是他跑出大樓房間的那一天。

雫舅媽繼續說道：

「他幾乎沒有解釋，只說了三件事。他單方面丟下『謝謝兩位至今為止支持、養育我』、『從今以後我會一個人生活』、『請把大樓房子解約』這三點，然後就離開了。到了當天下午，學校老師前來拜訪，我們才知道有關失蹤案件，以及博樹讓班上同學借住家裡的事情。」

舅舅夫婦與堀口博樹之間，似乎並不是日常生活會噓寒問暖的關係。我從沒聽他提起過有關監護人的事情。

「也就是說。」徹舅舅表明。「很抱歉，我們也不清楚博樹去哪了。」

「怎麼會……」

「之後警方也來詢問我們，但我們什麼都答不出來。」

葉本立刻出聲：

「警方來過嗎？」

「啊，嗯。基本上是把我們列為關係人士，警方應該也還沒有認定博樹就是兇手。若警方認真起來，我們也不覺得他有辦法躲過追查。」

既然不是犯人，為什麼要搞失蹤呢？

我陷入混亂，完全不懂堀口逃避的理由。

「說到底，真的有辦法失蹤嗎？」

葉本丟出問題。

「就算他有收入，但一個高中男生應該很難租房吧。」

「基本上不可能，未成年租房需要監護人同意。」

「說不定他現在借住在網友家裡。」雫舅媽繼續說。「只要出錢，應該有人願意讓他借住。只要他住進別人家，就應該無法查出他的下落了。」

沒有居民證更改的紀錄，手機也已經解約，當然不可能讀訊息。他可以利用別人的名義重新申辦門號。

「為什麼要做得這麼徹底……」

他為什麼要離開舅舅舅媽？

徹舅舅雙手抱胸，露出寂寥的表情。

「博樹可能急了吧。」

雖然我不甚明白，但也有些直覺了解的部分。堀口一直害怕著些什麼，他自己有時候也會表示「世界很可怕」。

「博樹同學究竟害怕什麼？」

我這麼問，雫舅媽試探似地反問我：

「久米井同學，妳對博樹的過去知道多少……？」

聽我說「什麼都不知道」之後，徹舅舅和雫舅媽一副有點難以啟齒般地皺起眉頭，葉本則輕輕搖頭，似乎在表示自己不想說。

後來徹舅舅淡淡地開始述說：

「博樹小時候受到母親虐待。」

在我答應不會對任何人透露的情況下，舅舅跟我解釋詳情。

當時，堀口博樹與母親兩個人一起住在一間公寓裡。從他八歲開始，母親就出現疏於照顧的情況，立刻成了兒童相談所的觀察對象。然後到了十歲的春天，似乎開始了物理性虐待行為。母親對學校謊稱「博樹身體欠佳，回老家休養了」，並且將他監禁在公寓裡。班導和兒童福祉司（註5）基於長期未到校的狀況，而前來家訪過好幾次，但每次都由母親出面細心應答，並未讓他們進入家中。在沒有明顯違法證據的情況下，行政單位無法出手介入。

下落不明兒童——行政單位無法親眼看到堀口本人。

據說發現的時候，堀口被關在大狗籠裡。

八月中旬，堀口母親犯下傷害罪，警方偵訊時察覺疑點，並因此發現險些餓死的堀口。堀口的證詞指出，母親以利器脅迫他不許發出聲音。堀口的母親因此被判處傷害罪與遺棄罪而入監服刑，並且失去監護權，後來堀口被舅舅家收養。

「為什麼……？」

我不禁呻吟。

「為什麼博樹同學的母親要虐待他……」

「只有當事人才知道，但我認為應該是拿他出氣吧。當時他母親工作的酒店歇業，導致她經濟困頓，萩中市的景氣持續不佳，似乎也讓她難以就業。」

「就算是這樣——」

「當然不是可以容忍的行為，但總之博樹非常害怕母親。他之所以離開我們，選擇獨居，也是想徹底和母親切斷關係吧。」

我有種被掐緊喉嚨的感覺。

在地點說不上好的大樓裡獨自生活的堀口。原來那裡對他而言，也是躲避用的避風港嗎？

註5：日本兒童相談所的職員。接受兒童教養相關諮詢，碰到虐童案時要出面確保兒童安危，也要定期探訪問題家庭。

徹舅舅是堀口母親的哥哥，雖然兩人之間實際上處於斷絕關係的狀態，但也不是真的完全切斷聯絡，據說他們偶爾會收到從監獄寄來的信。對於害怕母親的堀口而言，舅舅家應該不是可以安心居住的環境吧。

「可是……」我提出疑問。「既然這樣，博樹同學的媽媽應該還在服刑吧？」

「畢竟已經過了七年。」

徹舅舅看了看放在客廳的電視櫃。

那上面放著一個還很新的牛皮紙信封。

「法務省發來了通知。舍妹——不，博樹的母親下個月就會出獄了。」

來到萩中站南邊，可以看到一條大河。河邊有位男性在釣魚，從他的釣竿延伸到水面的釣線閃閃發光；應該是當地高中的運動社團學生在河堤上跑步。冰涼的秋風吹送，在平原上蜿蜒而過的潺潺流水聲令人心曠神怡。

雖然這裡什麼都沒有，卻不是討人厭的景色。

據說，葉本小學時就是在這裡遇見堀口的。

我們因為肚子餓，而在便利商店買了點簡單的輕食，並在河邊的長椅坐下。或許因為這裡是河邊的關係，並不覺得殘留的暑氣那麼令人不快。

我撕開飯糰的包裝，取下口罩時，感覺到旁邊傳來的視線。

葉本驚訝地睜大了眼。

「久米井同學，原來妳長這樣。把瀏海也撥起來讓我看一下嘛。」

「這不重要啦。」

我迅速把飯糰塞進嘴裡之後，立刻重新戴好口罩。可能因為我正好在想事情，結果就疏忽了。

葉本一副覺得沒意思的表情咬下三明治，擦掉嘴邊的美乃滋。

「關於堀口的過去，我也可以說一點嗎？」

當然沒問題。

吃完三明治之後，葉本一邊拍拍手甩掉手上的麵包屑，一邊起身。他的視線前方有兩個男孩在河邊玩耍，他們甩著短小的手臂丟出小石頭，並在水上打水漂。雖然石頭只彈跳了兩、三次，但他們仍開心地露齒而笑。

「其實，我是在兒童保育設施遇見堀口的。」

「設施？幾時的事？」

「堀口被警方保護之後，在舅舅接走他之前。那傢伙暫時被安置在設施裡一段時間，我也剛好在那個時候被送了進去。當時我父母離婚，我母親無法養育我，所以直到她再婚為止，我在那裡待了兩年左右。」

那應該是兩個人差不多十歲的時候吧。

葉本說「就在河邊」，並指給我看。我轉頭過去，可以看到一棟有著紅色屋頂的建築物，似乎就是兩人相遇的保育設施。

「我覺得當時的堀口有點危險，老是跟其他小孩吵架。但因為他骨瘦如柴，每次都打不贏對方。」

「感覺有點難以想像。」

——經歷母親虐待，在差點喪命之際得救後的堀口。

雖然很難想像，但覺得他會那樣失控也是在所難免。

葉本重新看向在河邊玩耍的兩個小學生。

「當時當然是我主動搭話，因為我有點看不下去，然後我就這樣意外地跟他聊開，熟悉了起來。直到他離開設施為止，我們應該每天都有聊上幾句吧，大致上都是抱怨這座城市就是了。」

「抱怨啊。」我不禁笑出來。葉本害羞地辯解說：「當時我們就是死小孩啊。」

「堀口常說——『這座城市的人在互相傷害』這樣。」

這句話感覺就像堀口親自低語出來那樣。

我想起堀口在大樓時跟我說明過的書本內容，因為社會不安定，而導致人們互相攻擊的事。

「排斥社會……」我這樣嘀咕書名，葉本一副覺得很好笑似地說：「連久米井同學都知道堀口的愛書啊。」

他似乎也知道這本書的內容。

「當時堀口雖然只是個孩子，但應該是直覺感受到了吧。萩中市和矢萩鎮都在衰退。在這動盪的世界裡，蒙受不安的人們，即使面對地位比自己低的人，仍無法接受對方看起來還有餘力的樣子——他察覺了這項事實。」

葉本小聲低語。

「因為堀口自己就是被親生母親傷害的人。」

葉本是聽堀口說明了當時的狀況。被監禁的堀口不斷聽母親汙衊自己，因而害怕會傷害自己的這個世界。

「對堀口而言，製作遊戲是一種模擬過程。在這個母親所在——不，不僅是母親，在這個有人會排斥他人的世界裡，他為了摸索生存的方法，而持續在遊戲世界裡策動著主角。」

堀口遊戲的特徵閃過腦海。

遭遇敵對怪物的時候，選項不僅有「攻擊」，還有「呼救」、「忍耐」、「諂媚」等各種指令。

拿著利器的怪物，象徵著他的母親嗎？

不好的想像閃過腦海。

「我說，該不會堀口他——想殺掉母親嗎？」

我一邊說一邊全身發毛。

堀口的遊戲裡面也有一項指令是「毫不留情地殺掉」。在他的備忘錄「secret1」裡面的記述，或許是他用來面對母親的方法之一。

「或許是吧。」

葉本也乾脆地認同。

「但我想他應該還是不會選擇這麼做，因為在見到母親之前，他就失蹤了。應該是選了『逃跑』這個選項吧，很像堀口會做的。」

「……說的也是。」

「我很喜歡堀口製作的遊戲。雖然常有人揶揄說打遊戲根本是逃避現實，但他正好相反，他是為了面對現實才製作遊戲。我一開始玩他的遊戲時，就覺得應該要把這個推銷出去，我是真的想要好好拿出去賣。實際上，我們也在安排高中畢業之後是不是要開公司的計畫。」

葉本咬唇。

「我明明想跟他一起生存下去的。」

後來葉本彷彿失去了力氣般，再次坐回長椅上，望著打水漂玩的兩個小孩。潺潺流水聲傳進耳底，我在不知道該回什麼話的情況下，任憑時間流逝。

葉本深吸一口氣。

「不過，也就到此為止了。如果連舅舅他們都不知道，那就無計可施了。只能等等看他有朝一日會不會回來了。」

雖然很難接受，但我能理解他所說的。我們已經沒有能夠追蹤堀口的方法了，甚至連線索都找不到。他成功地失蹤了。

我從塑膠袋裡面拿出鋁箔包裝冰紅茶，插入吸管。

「結果，整個案子不知道會怎麼樣呢。」

「大概就是維持懸案狀態吧？就算是殺人案，每年的破案率也不會到百分之百，還是有遺漏的。」

最近已經不再有與事件相關的報導了。雖然在網路上蔚為話題，但警方透露的新訊息卻不多。

真的會維持懸案的狀態結束嗎？

我從口罩下面啣著鋁箔包紅茶的吸管，喝了滿滿一口冰涼飲料後，緩緩以舌頭攪拌，再行嚥下。

「我說，我還是覺得很怪。即使假設堀口是因為害怕母親，所以為了斷絕關係才失蹤——還是留下很多不解之謎啊。」

我重新說道。

「——堀口沒有任何殺害古林奏太的理由。」

「對，我也是搞不懂這個。」

葉本一副明白我說什麼的態度表示肯定。

沒錯，雖然可以稍微窺見堀口失蹤的動機，但看不出他跟殺人案之間的關聯性。即使萬一堀口犯下了殺人這樣的重罪，應該殺害的對象也是他的母親才對。

「難道是為了包庇某人……之類的？」

我們試著往新的方向推理。

如果是像堀口這麼體貼的人，確實很有可能。

「……堀口原本是想要逃避母親，但如果在這樣的過程中，有人因為不可抗力而負罪，堀口很有可能為了袒護那個人而失蹤。」

假設渡利或田貫是真的很煩惱，那麼堀口一定不會置身事外。就像他邀請無計可施的兩位到自家躲藏那樣，可能會想一些別的辦法。

葉本在我旁邊傻眼地聳肩。

「我也想過這種可能性，但結果還是會回到真正的犯人到底是誰這點上。渡利和田貫都不是吧？」

沒錯。堀口曾經用套話的方式問過渡利，他沒有下手；田貫這邊，古林奏太會幫她看護奶奶，所以她也沒有殺了古林的理由。所以我們認定這兩人基本上不是嫌犯。

在事情發生之後這一個多月的時間裡，一直存在的疑問在我腦中打轉。就像暈車那樣頭昏眼花，各種話語彼此交錯。

堀口到底在袒護誰？——不知道。

但我們也沒有其他方法可以找到除此之外的線索。為了解開案情，只能利用現有情報去抽絲剝繭。

我以雙手摀住臉龐，閉上雙眼。

回想過去的生活。第一天受邀來到堀口博樹家的時候、一開始對於男女同居一室有些抗拒、借住堀口家的人口增加，因此產生了舒適的日常生活、跟渡利一起手忙腳亂地做飯、跟田貫一起玩桌遊、聽說古林奏太死訊的那一天、堀口拿出染血刀子給我們看的那天、堀口在矢萩自然公園追問渡利那一天，渡利所說的證詞、跟堀口兩個人一起前往田貫家，並因為第一次接手看護而困惑。

這時一道希望之光灑下。

那是葉本曾說過的話。

「……模擬。」

堀口為了能在現實世界生活所做的事情——連結到了意想不到的事實。

一股惡意突然浮現。

我的手腳用力，手指下意識地互相緊扣。感覺身體發冷，反射性地停止呼吸。

「妳怎麼了？」

「不，沒事，雖然還只是推測，不過說不定——」

我慌慌張張地想說出自己的推理，但下一秒，理性強烈地阻止我。

——可以告訴葉本嗎？

閃過腦海的，是在教室裡面一邊嘻笑一邊聊天的班上同學，一副像是真的一樣互相分享著未經證實推測的模樣。

我閉上嘴，快速收好餐點垃圾，背起書包，對著一臉莫名其妙的葉本說：「不好意思，我想起來有事要做。」然後站起身子。

「久米井同學？」

我丟下葉本，往車站方向奔去。

我必須立刻去見某個人，並且跟對方確認。

我一邊奔過堤防，一邊整理自己的想法。當情報愈來愈精簡，腦海裡的想像也就漸漸變得鮮明起來，浮現出來的印象讓我的胸口一陣痛楚。

即使呼吸愈來愈喘、側腹很難受，我也不打算放慢腳步。湧上的衝動太過於難過，如果我不能透過用力踢蹬地面排解，我真的會莫名其妙地亂吼吧。

「他們倆真的被逼到走投無路了……」

記錄在田貫手機裡面的日記——

我只有看到未成年照顧者的一小部分實情。關於田貫凜的痛苦，在那些日記裡面只記載了一絲皮毛。

所有青春年華全部花費在看護上，她應該好好照顧的祖母不僅斥責她，這個祖母還被曾經送進去的看護設施退貨，田貫凜因此日漸憔悴。

在一旁看著這樣的她的古林奏太，會作何感想？

具備強大責任感的他，為了青梅竹馬，會做出怎樣的判斷？

古林奏太曾經把渡利幸也叫到河邊，並突然想要淹死渡利。我們原本以為這只是他對渡利家請領生活給付所抱持的恨意，算是因為同情完全無法接受合理福利的田貫家而做出的行為。但也許他本人是基於完全不同的動機而這麼做。

堀口曾經在田貫家跟我說過，年長者很可能在浴室裡面溺死，所以看護其實是一種掌握了他人性命的行為。

反過來說——不就是比較容易把殺人行為偽裝成事故嗎？

最糟糕的可能性浮現。

顛覆所有前提。

——田貫凜確實有殺害古林奏太的足夠動機。

我一邊壓抑著不知為何不斷滾出的淚水，尋找這段想法的破綻。

但是，當染血小刀出現在堀口房裡時，我們四個人都是嫌犯。既然犯人不是我、不是堀口，也不是渡利，那麼犯人就只會是她了吧？我希望是我的誤會。

「犯人是田貫凜……」

淚水自然地溢出。

雖然只不過是有這個可能，但直覺告訴我這就是真相。

跟葉本道別之後，我約了田貫凜碰面。地點由她指定，在廢棄賓館「夢幻城」的停車場。

時間是夕陽沒入山稜線下，已不復見的黃昏時分。

這間賓館因為出了命案，政府於是發布行政命令準備進行拆除工作，出入口也因此上了鎖。在堀口家看過好幾次的這棟建築物，近看更顯髒汙，出入口看板上面的「休息三千日圓」字樣，更顯哀愁。

我在停車場的ㄇ字形車擋上坐下，這裡可以看到古堡，還有在那後面的堀口家大樓。這時田貫現身了。

聽了我敘述的推理內容，她並沒有反駁，只是笑著說：「就是這樣。」

田貫並沒有任何辯解。

她從口袋掏出一個小藥盒說：「抗憂鬱藥。白天之所以那麼犯睏，一部分也是這種藥的副作用造成。」

據她所說，她有在身心科就診。因為從高中一年級開始不規律的生活，所以身體狀況慢慢地變差了。

看著這樣的田貫，古林奏太決心行兇。

田貫遞出手機。

我默默地接下，先輕輕吸了一口，再開始閱讀上頭的文章。

【田貫凜的日記】

這是有關七月十五日發生事件的紀錄。

雖然我打算遲早要自首，但為了預防萬一我發生什麼不測，所以在此記下。

我想談談關於我殺掉的古林奏太是個怎樣的人。

如果是知道在矢萩鎮立高中發生的事件的人，應該都知道他是個怎麼樣的好人。在教室是個人人都愛的優等生，也是我最自豪的青梅竹馬。

最先察覺我不對勁的人，也是他。

在剛升上高中二年級的時候，我因為夜晚必須看護祖母，而幾乎每天晚上都無法睡覺。我沒有跟身邊的人商量，因為沒有經驗的人，很難理解看護工作有多辛苦。我講了，也只會得到「妳這樣幫助家裡很偉大呢」之類的安慰話語吧。比起破壞聊天的氣氛，我寧可選擇跟朋友聊笨事。

即使如此，奏太仍察覺我的變化，誠心誠意地關心我，問我：「妳還好嗎？」而且不只如此，他還說「時枝女士在我小時候也很照顧我」，並協助我的看護工作。

老實說，我的心得救了，我很感謝他的體貼。他沒去社團的時候常常會來我家，並負責照顧祖母，讓我可以念書。

但漸漸的，我開始覺得這樣不對。

——因為他太正直了。

沒有經驗的人可能很難理解，但擔任看護工作時，彼此間的距離很重要，不能太過於體恤患者。因為無論如何用心準備餐點、替對方擦拭身體，最終對方還是會忘記。而且不僅如此，甚至有可能因為一點點心情不好就破口大罵。這已無關乎個性或脾氣，而是失智症就是會這樣。

奏太於是漸漸暴躁起來。

因為他原本就是個正直的人，所以他不會放棄繼續幫忙我看護，但他會將因此累積的壓力，轉嫁到地方上接受生活給付一類的人身上。

「如果能多補貼點錢給凜家就好了，政治人物都是垃圾。寄生在那些政治人物之下的人也都是垃圾。」

他抱怨過很多次、很多次。看著逐漸改變的他，我覺得好像會發生什麼無可挽回的事情。但因為他一直幫我，我也不好多說什麼。

只不過——這是我自己的錯——因為睡眠不足與看護的勞累，以及看著逐漸改變的青梅竹馬，我下定決心。

拋下這一切。

不再面對現實，躲進班上同學家裡。

在堀口同學家的生活很舒適，我很久沒能像這樣熟睡了。我因為拋下現實，才總算能好好享受平穩。

當然，我無法完全拋下祖母不管，所以我不時會在深夜偷偷回家看看她的狀況。即使如此，失蹤生活仍是這麼舒適，我也因為堀口同學的善意而獲得救贖。

其實我知道，我必須好好回家面對。

即使頭腦這麼理解，但身體就是動彈不得。

我不想放棄，在壁櫃裡面念書時所感受到的，又更接近夢想一步的興奮之情。

值得慶幸的是，奏太在這段時間裡來幫忙照顧了祖母好幾次。而我竟然愚蠢到就這樣坐享他的善意。

但到了七月十四日，當渡利同學來找我商量奏太的事情時，我察覺了一件事。

渡利來找我商量的，是奏太在某天晚上，曾嘗試想要淹死渡利，這般令人懷疑自己是否聽錯的內容。

我一開始以為這只是他對請領生活給付那些人的怒氣，終於以看得見的方式表現了出來，但在聽渡利說明詳情時，得出了一個推論。

——古林奏太在練習如何殺害我奶奶。

我開始發抖。

我知道曾經發生過在洗澡時不小心淹死人的案例。他應該是想佯裝成意外，並藉此殺害祖母。從他攻擊渡利，並在意會不會留下瘀青的反應來看，只能如此猜想了。

我很害怕，知道強行把人按在水裡淹死會留下瘀青的他，接下來會做些什麼。

隔天夜晚，因為擔憂而回到家的我，發現祖母不在家。因為輪椅也不在，所以我知道這不是祖母深夜外出徘徊，而是被奏太帶走了。

我想起過去奏太曾說他知道怎麼進入「夢幻城」，於是賭了一把奔出去。

輪椅放在「夢幻城」後門處，我因此知道奏太就在這裡。第一次踏進的愛情賓館對外窗不多，加上斷電的關係，裡面黑漆漆一片，我只能摸索著牆壁爬上樓梯。

來到三樓，在樓梯前的房間發現了奏太。

他站在小小的露台上，仰望著天空。祖母則直接坐在地板上，像是睡著了那樣閉著眼睛。

——這邊我盡可能把與他之間的對話內容記錄下來。

「凜，這段時間妳都跑去哪裡了？」

見到我顯得吃驚的奏太這麼說，我則沒有回應，只是默默地持續看著他。

奏太則是想要別開目光似地轉開頭。

「我說凜啊，最近我終於明白，讓我們這麼痛苦的原因是什麼。」

「不是渡利同學的錯，更不是奶奶的錯。」

「凜妳一定不懂，但我知道。」

奏太以甚至令人覺得冷酷的眼神看著祖母。

「只有我知道。」

我不再覺得在我眼前的這號人物，是我熟悉的青梅竹馬了。

但他應該不會察覺我的失望之情吧。

「妳打算再捨棄自己的人生多少年？妳從小的夢想不就是到國外就職嗎？為什麼

妳要犧牲！」

彷彿辯解、又彷彿說給自己聽一般嘀咕出的話語持續了一段時間。咒罵請領給付者的不堪入耳言語、侮辱我祖母和家人的話語交錯，讓我很想摀上耳朵。

「因為這是一座將要消失的城鎮。」我回答。

「大家都沒錢，所以矢萩鎮要消失了，大家光是為了生活就很辛苦，根本沒有餘力。然後只是因為這個狀況造成的問題浮現出來了，並沒有什麼好壞、善惡之分，就是很現實地，在社會上、在這個世界上會發生的事情罷了！就算因此去攻擊他人，也不會有任何幫助……」

這時候我掏出為了自衛而偷偷帶著的小刀，取下刀套。

我不認為接下來我打算採取的手段正確，但這時候的我，並沒有其他方法可以保護祖母。

「沒這回事！」

奏太揪起坐在地上的祖母衣領，把她拉起來。

「至少只要時枝女士、只要這個人消失，妳不就可以得救了嗎！」

我立刻採取行動。我介入祖母與奏太之間，將刀子往他的胸口送。奏太一個扭身，刀子因此擦過他的側腹，因為這樣失去平衡的他，就此消失在露台欄杆的另一端。

一道如同裝了水的保特瓶落地般的沉悶聲音響起。

我有一段時間無法動彈，蹲在露台上，手中仍握著沾了奏太血跡的小刀。

後來才聽見一道微弱的聲音。

「……凜，妳怎麼了？」

是奶奶。她微微睜開眼，撫摸著我的臉頰。

她明明應該已經忘記我的名字了，但偶爾就是會想起來。我心想，妳也不必挑這個時候回神啊。

「妳還是怕黑嗎……？」

「沒事了。」我一邊磨蹭祖母的手一邊回答，並因為手的溫暖而安心。祖母溫柔地瞇細眼睛，想必她並未理解現況，甚至連這裡是什麼地方都不清楚吧。

我有如要將臉埋進祖母的肚子一般倒下。

無論是在當時，還是現在，我都能發誓。

無論是奶奶還是奏太，我都非常喜歡。

讀完田貫的日記之後，我的淚水有一段時間止不住。

田貫凜在確認古林奏太死亡後，跟祖母一起回到一樓，並且讓祖母坐在輪椅上，由田貫帶她回家，然後田貫才回到堀口家大樓。

我用衣服袖子擦掉不斷滾出的淚水，藉著深呼吸來調整情緒。

我重新望向廢棄賓館的停車場，應該是古林奏太摔死的位置已經拉起了封鎖線，讓人無法進入。我用力壓抑衝動地從身體湧出的話語，盡可能平淡地問道：

「堀口察覺到這個真相了吧……？」

「察覺到了喔。」

田貫輕輕笑了。

「當我跟他獨處的時候，他問我說『是妳殺的吧』，然後我承認了。」

應該是我跟堀口一起前去看護時枝女士那個晚上吧。

當時，堀口似乎表示會對我和渡利保密，知道的只有堀口一個人，這樣。

他為什麼不告訴我和渡利真相呢？

「堀口同學接下來是這樣說的——」

田貫稍稍放鬆表情。

「——如果現在田貫被捕了，時枝女士會怎麼樣呢？」

所有謎題終於解開，一切都說得通了。

堀口之所以維護田貫，是因為田貫時枝女士。他尊重田貫愛護祖母的想法。假設田貫因為殺人嫌疑遭到逮捕，應該暫時無法回家。若被判處了殺人罪，即使是未成年也可能需要服刑。在這段時間裡，將沒有人可以照顧田貫時枝女士，跟失蹤十天的狀況完全不同。

「堀口同學真的很厲害，他應該看穿了妳是為了自首而逃離他家。如果現在妳必須服刑，就等於宣告不再有人能夠照顧時枝女士了。他真的看穿了一切呢。」

照田貫所說，他也覺得堀口的態度有些糾葛。讓田貫打消想去自首的念頭，堀口心裡應該也有些罪惡感。畢竟他去參加了古林奏太的葬禮，看過了受害者家人難過的模樣。

即使如此，他仍告訴田貫自己的決心。

「我會導出答案，在那之前妳先不要自首——他是這麼跟我說的。」

這句話意義深遠。

但在田貫聽到具體的說明之前，堀口就失蹤了。應該是覺得渡利懷疑他是犯人的時間點是個好機會吧。結果，堀口就像個真正的犯人那樣躲起來，田貫因此能夠維持日常生活。

「在那之後，堀口有聯絡妳嗎？」

「沒有，我一直在等，但完全沒有。」

田貫搖搖頭。

「不過我很感謝堀口同學。因為他的關係，我現在還能照顧奶奶，也還能去學校。」

沒錯，教室裡面很多人認為堀口或渡利是犯人，但完全沒有人指責田貫。雖然她也跟我一樣覺得在教室裡面不是很好過，但她仍留在教室。

我並不知道這樣究竟是好是壞。

但因為她在，田貫時枝女士才能過上日常生活。

「所以，久米井同學，拜託妳，能不能請妳保密？」

田貫用顫抖的食指抵在嘴角上。

「總有一天我會去自首，在那之前，為了保護我奶奶，請妳不要告訴任何人。」

除了點頭，我還能怎麼辦呢？

我握住田貫的手，在指尖加諸力量，並且隔著廢棄賓館，茫然地望向大樓的906號房。

・・・

在心情沒能好好平復的狀況下，只有時間持續流逝。

到了第二年，我才知道位於山間的矢萩鎮的夏天，比東京更早離去。原本是那麼嘈雜的蟬鳴聲日漸減少，暴露在短袖之外的手臂漸漸感受到寒氣，變得必須穿著輕薄的針織外套禦寒。

九月要結束了。

因為古林奏太的事情影響，導致合唱比賽中止，但運動會則照常舉辦。

我沒有參加，田貫似乎也缺席，只有渡利參加。而且他並沒有被冷漠的目光擊敗，在額頭仍留有傷痕的情況下於一百公尺賽跑中拔得頭籌。我則是從隔週公布的校內報紙得知這件事情。

至於那個影片頻道的播放次數也是不斷攀升。

事情發生後已經過了一段時間，我原本覺得播放次數會慢慢減少，但似乎有多個頻道好像彼此競爭那樣，持續發布自身看法與獨家情報，導致情況異樣熱絡。在社群媒體上甚至有人做出關係圖，各種推論交錯公開。

從案發初期就在追蹤這起案件的「推手頻道」，至今仍強調「渡利犯人論」——也就是影片內的失蹤者B——的主張，甚至使用了一看就知道是校內環境的照片。其他頻道則以「堀口犯人論」、「古林自殺論」等較為獲得支持，現在也已經跟「推手頻道」擁有同樣的播放次數。後者還詳細說明了矢萩鎮立高中內的狀況。

——學校裡面有人提供情報。

這樣的傳聞在校內傳開，後來甚至演變成導師叮嚀大家不要隨便洩漏校內消息的狀態。儘管這類警告根本起不了任何作用。

我對這些影片頻道不太有興趣。

這起案件，在我心中已經結束了。

雖然這樣說，對於被當成嫌犯的渡利很不好，但我也無法做些什麼。這愚蠢到家的情報競爭戰遲早會衰退，而最好的方法就是忍耐到那時候吧。

堀口博樹沒有回到矢萩鎮。

只有遺留下來的真相非常空虛。

我跟葉本之間合作進行的調查已經結束。

當我在「夢幻城」聽田貫說完經過之後，葉本發來好幾條訊息。我那時候才想起我就那樣把他丟在萩中市，於是打電話給他說「我想停止調查」。

葉本則是不死心地一直勸我。

『我說，久米井同學妳是不是發現了什麼？告訴我嘛。』

雖然他一直糾纏，但我一邊想著跟田貫的約定，一邊貫徹「我不知道」的說法。還補上「堀口不會再回來了，放棄吧」這句話。

即使如此，葉本仍無法接受，結果被他糾纏了一個小時。

到後來總算聽他深深嘆一口氣。

『那妳起碼告訴我，妳為什麼要離家出走好嗎？』

雖然我不清楚他為什麼在意這個，但也覺得不好拒絕他。畢竟這與田貫之間的約定無關，而且葉本還是提供了堀口的情報，算是有恩於我。

「只是差點要被跟蹤狂知道我住哪裡而已，已經沒事了。」

我提供了無傷大雅的情報給他。

葉本則說出「家家有本難念的經呢」這種一副了然於心的話。

我掛了電話，之後就沒再跟他聯絡。

在二年A班教室裡，我仍然過著被當成瘟神一般的生活。

其實不只是我，渡利和田貫也是一樣。原本渡利和田貫跟我不一樣，身邊有很多朋友的，現在卻被疏遠了，這狀況讓我覺得很心痛。

「他們是不是知道古林死亡的真相？」、「堀口是不是也被他們殺了？」、「現在該不會還持續盤算著些什麼不好的企圖吧。」、「他們這樣打壞學校的名聲，都沒有什麼感想嗎？」

有時候，來自周遭的目光就像針一樣刺傷我的心。我明明已經在偶像時代的風波中學習過了，但這些責備的眼神卻每每帶來鮮明的傷痛。

即使如此，我仍沒有逃離教室。

我就座，翻開從圖書館借來的《排斥社會》。書裡文字艱澀的程度遠超乎我的想像好幾倍，但是我覺得可以在字裡行間窺見堀口博樹的身影。

——他跟田貫說好的「答案」究竟是什麼呢？

從七年前受到虐待以來，持續害怕這個世界，透過製作遊戲摸索在世界上生存方式的少年，究竟得出了怎樣的結論呢？

我只在意這一點。

九月的最後一天。放學之後，我一如往常地返家。我也回歸到了原本的生活，在筆記本上寫下根本不會演唱的歌曲。我甚至想過乾脆用人聲合成軟體編輯演唱，也正在學習軟體的使用方式。

回家之後，桌上放了一個信封。

看樣子是父母把寄給我的信件放在桌上了。在我退出偶像圈之後，偶爾還是會收到過去工作關係的文件，應該就是這一類吧。

我沒怎麼確認寄件人姓名，直接拆開信封。

裡面裝了一封信，以及一個ＵＳＢ隨身碟。

我完成了一款很棒的遊戲

堀口博樹

這是在教室發生激盪的三天前。

第七章

國王說了。『必須打倒魔王，因為那可是魔王啊。』

堀口的遊戲以這句台詞開場。

當白色文字流過黑色畫面，輸入主角的名字和性別之後，故事開始。在一座破破爛爛的西洋古堡裡面，一位勇者站著，接受了國王下達的「打倒魔王」命令，開始冒險。

這開場讓人滿不快的。遊戲並沒有明示主角究竟是何方神聖，也沒有表明為何需要打倒魔王。主角只是在周圍的期望之下，前往沙漠、森林、洞窟等地冒險，並打倒在那些地方的魔王手下。

遊戲承襲了堀口至今製作過的兩款遊戲系統，戰鬥指令非常豐富，玩家有很多種攻略方法可以對付同一隻魔物。玩家總是大傷腦筋，究竟是該攻擊呢？該彼此開誠布公好好談談呢？還是該勸說？即使是同一個敵人，玩起來也不會膩。

然後，隨著遊戲進展，第三作的特徵也漸漸突顯出來。

——魔王很多。

本來應該只有一個的最終頭目魔王，在地圖上可以看到好幾個。遊戲裡面的角色，也就是所謂的NPC，都分別闡述著不一樣的魔王傳說。有人說「東邊的冰山有個邪惡的化身」、也有人表示「魔王就在沙漠深處的遺跡裡面」。「只有我知道魔王的真相」、「只有我知道真正的魔王是什麼」之類的情報錯綜複雜，讓人覺得很詭異，但又覺得因此被騙得暈頭轉向的勇者很可笑，給這樣黑暗的氣氛帶來了些歡愉成分。

勇者在許多傳聞的影響之下，繼續冒險，前往找出世界各地的魔王備選的對象。

旅途的最後，勇者走到了一個終點。

・・・

這三天之間，我沉迷在遊玩堀口製作的遊戲之中。

除了上學以外的時間，我把自己完全關在房間裡面一直玩。我用我的筆電安裝並執行遊戲，雖然可以用鍵盤的十字鍵遊玩，但我還特地購買了遊戲專用手把。一開始我原本是想透過遊戲找出堀口下落的蛛絲馬跡，然而一旦開始玩，我馬上就沉浸在遊戲的世界觀裡面。

遊戲途中使用了我譜寫的背景音樂，渡利和田貫提出的建議也被採納，運用在遊戲中。堀口很好地活用了這些建議，讓故事更上一層樓。

全破之後，當畫面發出一陣亮光，我的淚水自然地流下。

沉浸在難得的完成感之中，我仰望天花板。

就算不說客套話，也真的是一款好遊戲。

「堀口，你真的完成了呢……」

我一邊嘀咕，一邊仔細凝視結局畫面。白色字體的工作人員名單顯示在黑底畫面上，作曲者的地方加入了我名字的縮寫，特別感謝的地方則能看到田貫、渡利兩人名字的縮寫。

結局結束後，出現了一張奇妙的畫面。

我「嗯？」了一聲，凝視著它。

請輸入你的名字

黑色文字出現在白底畫面上。

文字可以直接透過電腦鍵盤輸入。我在不明白這段文字有何意圖的情況下，輸入了「久米井那由他」。

畫面出現新的文字。

給久米井同學　首先謝謝妳玩這款遊戲，我很高興。

我睜大雙眼，這是堀口給我的訊息。

我按下確定鍵，下一段話顯示出來。

既然妳已經破關遊戲，那我應該可以認為妳仍然把我當成朋友吧？雖然這可能只是我一廂情願。

我知道這樣很厚臉皮，但能不能拜託妳一件事情呢？

這段訊息，就是為此而準備的。

我再次按下按鍵。

請阻止葉本卓。

我停下手指。

我無法理解這句話的含意。

正當我心想應該還有更多提示，而打算按下按鍵的時候，放在桌上的手機響了。

雖然我不想接，但現在會打電話給我的人並不多。我拿起來一看，螢幕上顯示著渡利幸也的名字。

「渡利，怎麼了？」

『久米井，抱歉，我可以確認一件事嗎？』

我按下通話按鍵後，帶著緊張氣息的聲音傳了過來。

『如果我猜錯妳可以笑我，但妳——之前是名叫反町郁音的偶像嗎？』

我有種喉嚨被掐緊了的感覺，停止了呼吸。

「——你從哪裡得知這個名字？」

『就是那個影片頻道，剛剛上傳了最新內容，妳趕快看一下。』

我沒有掛斷電話，先停下遊戲，操作眼前的電腦。

我最近根本沒管那些頻道。現在一看，才知道「推手頻道」三個小時之前上傳了新影片。

這段最新影片的播放次數已經超過三萬，在「矢萩鎮立高中連續失蹤事件⑱」的影片縮圖上面，壓上了大大的紅字。

『快訊』失蹤者Ａ的真面目就是鬧出風波的某偶像！

伴隨著身體凍僵般的感覺，我按下播放鍵。

並小聲驚呼。

上傳影片的人似乎已經完全不顧慮個人隱私問題了。高中一年級的班上照片被剪接在影片裡面，並且只剪出戴著口罩的我，然後這張照片跟我偶像時代的照片並列，只要互相比對一下，一看就知道是同一個人。

「我之後打給你，謝謝你告訴我。」我跟渡利這樣說，先掛了電話。

我立刻確認匿名討論區和社群媒體，這段影片已經引發很大迴響。原本那些抹黑我到天荒地老的人，一副逮到了這個大好機會一般，又開始活躍起來。影片裡面毫無根據可言的推論只要一被轉發，甚而刪掉了原本有的「似乎」、「彷彿」等文字，有如這就是真相似地在網路大海上傳播開來。

前偶像反町郁音在轉學的高中詐騙男同學，教唆對方殺人。

據傳是殺人兇手的男同學至今仍下落不明。他透過成功銷售個人製作遊戲的成績，因此賺得足夠錢財。

反町郁音似乎曾在失蹤男生家借住了兩星期以上。

在這起謎團重重的失蹤案上，添加偶像這樣顯而易懂的記號，似乎變成了為大眾接納的題材。

當晚，我只能茫然地看著事情愈演愈烈。

從網路上的留言來看，故事應該是這樣的：

「反町郁音心裡充滿希望他人認同的需求與獨占欲，雖然在東京曾以成為偶像為目標，但因為粉絲看透她而引退。在那之後，於鄉下地方的不起眼高中過著被人吹捧的生活，這時卻有一個想打破這一切的班上同學出現。她於是誘惑富有的男同學，讓他去殺害那個班上同學。」

這設定真是老掉牙的惡女形象，讓人連笑都笑不出來。

我實在看不下去，於是關閉電腦螢幕。全破遊戲後殘留的那股溫暖韻味早已不復存在，只有悲痛滿溢而出，我抓緊胸口。

手機開始陸續有訊息，那段影片的連結似乎也被貼到班上的群組裡面了。但我能看到的應該只是冰山一角，絕大多數流言應該都在我不在的群組亂傳吧。

「是葉本……」

我倒在床上，看著天花板嘀咕。

「那傢伙就是頻道主吧……」

上傳到那個頻道的影片，對二年A班的事情太清楚了，之前甚至有傳聞表示校內有人洩漏消息。葉本卓知道我不小心脫下口罩的模樣，還有講話是什麼聲音。我因為太專注在調查堀口的事情上，而疏忽了這部分。

我想得跟他問個清楚，正打算再拿起手機時，發現有一條給我的訊息。是葉本發的。

『明天十三點，我在二年A班教室等妳。』

他沒說是什麼事，就是叫我去，我實在沒什麼好預感。

我一邊感受著自己心裡滾滾的憤怒，一邊確認葉本的頻道。過去訂閱人數甚至不到一萬的「推手頻道」，因為這起風波的關係引發大量關注，在凌晨零點的時候突破十萬大關。

——訂閱人數十二萬。

他已經不是普通高中生了，畢竟引起了這麼大的風波，應該也有覺悟會被退學吧。他處在不受教室這個框架侷限的地方，是一個有十二萬支持者的頻道主。

但我沒有不去教室找他的選項。

我覺得非常惱火。不是因為他洩漏了我的個資，而是我不能原諒他至今為止，透過錄製影片的方式嘲笑堀口、渡利、田貫的行為。

・・・

堀口發給我的訊息裡面也提到了葉本卓。

我想先道歉，我不能在這裡表明我失蹤的理由。

抱歉，如果妳無論如何都想知道，請以自己的力量找出真相，因為這嚴重關係到了某個人的人生。或者，聰明如久米井同學妳，或許已經找出真相了吧。

這邊，我想告訴妳有關葉本卓的事情。

他算是我的舊識，也是我生意上的搭檔。

我想「推手頻道」的頻道主，恐怕就是葉本卓。

之所以用「恐怕」這個說法，是因為我沒跟他本人確認過。只不過那個頻道上的影片，編排剪輯的方式，跟葉本做的遊戲宣傳影片很像。在縮圖上下工夫，以便得到更好的擴散效果，是他慣用的手法。

目的應該是想賺錢吧。

葉本卓原本就是個對錢比較執著的人，當然只是這樣也並不是什麼壞事，我的遊戲也是在他的幫助之下才大賣的。儘管我不是為了大賣才製作遊戲，但如果沒有遊戲帶來的銷售額，應該是不可能讓你們三位暫住在我家的。

因為年幼貧窮的關係，葉本體驗過巨大的孤獨感，這樣的悲傷存在於他的骨幹裡，他甚至會告訴自己，要好好賺錢，拓展自己的人生。

葉本卓不時會採用欠缺倫理道德的方式。

他有過剽竊他人宣傳詞的紀錄，偶爾也下達要我抄襲別人作品的指示。甚至會提出毀謗中傷特定國籍或團體的主題建議，不管是否得到差評，總之以搏得關注為最優先。

他認為自己之所以做出這些行為，責任都是出在周遭環境上。拋棄自己和母親的父親不好、自己出生的矢萩鎮不好、停滯不前的日本不好，他批判、攻擊各式各樣事物，然後以「為了在這座城鎮生存下去，這也是無可奈何」的說法肯定自我。

——讓我們一起成立一間遊戲公司，離開這個小鎮吧。

葉本偶爾會以看著耀眼事物般的眼神對我這樣說，我有一段時間也曾經覺得這項提議並不壞。我一直夢想著能離開矢萩鎮生活，但我每次看到他那樣攻擊他人的行為，心裡就會覺得不能跟他太親近。

我並不討厭他。我永遠不會忘記，當我第一次在某處保護設施內遇見他的時候，他溫柔地拍拍我的背的瞬間。

然而，我無論如何就是無法接受現在的他。我在與妳相遇之前陷入一陣嚴重的低潮期，也是因為跟他之間的鴻溝造成的。

我唯一還有所掛念的，只有葉本卓。

他在我失蹤之後，就像失控了那樣，變得非常頻繁地更新、上傳影片。應該是因為他原本想說高中畢業之後，可以跟我一起把遊戲社團法人化的計畫破滅，所以需要一些收入來源吧。即便那樣的行為有些缺德。妳應該也很清楚，他上傳的影片，其實都是些差一點就會構成毀謗的內容。

拜託，請妳阻止他。

說是這樣說，我也不是要拜託妳做什麼大事。放棄各式各樣的責任，選擇了逃避的我，也沒有這樣厚臉皮地請託的權利吧。而且，葉本有他自己的倫理道德觀和信念，並不是那麼輕易可以改變的。

所以，妳只要說一句話就好了。

請把我的話，轉告給葉本卓。

・・・

矢萩鎮高中歷年都會在十月第一個星期六進行義務服務，為了打掃學校周圍環境，全校學生都必須參加。

葉本把時間訂在這個星期六中午。

早上醒來時，我發現天空布滿了鱗片狀雲朵。我翹掉了上午的義務服務，把時間拿來玩堀口的遊戲。即使全破過一次，這遊戲還是有繼續鑽研的內容，讓我的心自然而然地平靜下來。

班上同學一臉困惑地看著我午間才到校。他們站在教室外走廊，臉上帶著同情表情看著我。雖然已經可以回家了，但他們似乎還不打算動身。其他班級的同學也跑來聚在二年A班教室前面，其中也有摻雜看好戲般的眼光窺探著我。

我一邊覺得受夠了，一邊看著他們，這時一個女生上前跟我搭話。

「妳還是回去比較好。葉本他很奇怪，似乎打算直播。」

我想也是。

「我們已經叫了老師來，妳等等比較好。」

我輕輕搖了搖頭。我很感謝他們擔心我，但也覺得要是錯過這個時機，就沒機會跟葉本說話了。

我下定決心，打開教室門。裡面的狀況跟平常天差地遠，桌椅都被挪到教室角落，堆得像是隔離用的護欄那樣，只有教室中央空空蕩蕩，看起來就像一座舞台。還真下了點工夫做效果呢。

葉本坐在講桌旁邊。

那裡是考試時監考老師站的位置。講桌上擺了攝影機，旁邊的桌子上則設置了電腦。看來葉本自己待在攝影機死角的位置上。

葉本邊輕笑，邊操作著電腦。

手機的通知聲響起。

看樣子他開始直播了。我用手機確認，畫面裡面可以看到一手拿著手機，繃著一張臉的自己。收看人數有七千人，看來他選在星期六中午直播的策略奏效了。等待直播的收視觀眾在聊天室發出的對話內容，也同步顯示在畫面旁邊。

影片打出了「直播，向『矢萩鎮立高中連續失蹤、殺人事件』的反町郁音問罪」這樣的標題。

葉本把嘴湊近電腦。

「從矢萩鎮高中二年A班教室進行直播——各位觀眾，讓你們久等了。現在在我眼前的，就是那位反町郁音。」

然後看向我。

「反町郁音小姐，妳能不能說點話？觀眾想聽妳說話。」

看樣子是想證明是我本人。畢竟我現在用瀏海和口罩幾乎遮住了整張臉，可能根本看不出我是不是反町郁音吧。似乎有人懷疑是不是本人。

我有些抗拒。要是發出聲音，等於是主動自我介紹說我就是反町郁音。我在教室可是持續貫徹不講話的態度。我很害怕，如果我的聲音被班上同學聽到，因此揭開了我的過去。

喉嚨無比乾啞。

這時，走廊大聲吵鬧起來，似乎是男性教務人員趕來了。他命令聚集在此的學生退開，想要進入二年A班教室。

「不要過來！」

我對著走廊大吼。

我發出的聲音大到連自己都有些意外。在走廊靜觀的學生，因為我首度發出的聲音而困惑地低聲呻吟。我對停下腳步的教務人員說「請讓我跟葉本談」之後，轉向教室。

沒錯，我是來跟葉本談談的。

他翹著腳看著我，眼神裡充滿打量的意圖。

「為什麼？」我詢問。「你為什麼要這麼做？」

「為了將真相公諸於世啊。」

葉本淺淺地笑著回答。

「我說反町郁音同學，妳知道事情的真相吧？立刻在這裡告訴我。妳看了我的影片吧？跟真相有沒有不同啊？」

我緊緊握住拳頭。

葉本果然猜到我應該已經知道真相了，但我不可能告訴他，因為我跟田貫說好了，絕對不會洩漏這項祕密給任何人。

「那麼，果然犯人就是妳嗎？」葉本挑釁道。

「……你真的想昭告真相嗎？只是想要增加訂閱人數吧。」

我斬釘截鐵地說。

「你明明只想著自己的利益，不要亂說一些有的沒的的，噁心。」

「也沒有那麼亂說啊。」葉本緩緩拉開距離。「要是妳沒有跟堀口博樹相遇，就不會有這一連串事情發生。」

他隨口說出堀口的字，讓我渾身發寒。

「什麼意思，你想說這一切責任都在我嗎？」

「就是啊，這一切都是從妳逃進堀口家開始的。不是嗎？」

我沒辦法立刻反駁。

從某種層面來看，葉本所說的確實是一種真相。

一切都是從我在大樓屋頂上遇到堀口開始。堀口藏匿我，接著渡利和田貫加入同住行列。而田貫聽到渡利找她商量古林的問題之後，才察覺了祖母的危機——

葉本愉快地哼笑。

「啊，對了，有人這樣問喔。反町郁音同學，妳已經跟當事者E——堀口搞上了嗎？」

「……真無聊的問題，跟失蹤問題毫無關聯吧。」

「這也是沒辦法啊，大家都很在意嘛。」

葉本把電腦轉向我。

五顏六色的留言灌進來。葉本為了讓我也能看見，特地放大了留言部分，我還看到有人抖內（註6），其中甚至有超過一萬日圓的金額。

實在太可笑了。

葉本應該是刻意挑釁我，他想挑動我的情緒，藉此挖出我的真實意見，並炒熱直播氣氛吧。對他而言，真相是什麼不重要，只要能挑動我、挖出真相，就能賺錢。只要能拿我當材料增加訂閱，也就夠了。

在這之中沒有信念也沒有道德，有的只是利用他人，貪圖利益的欲望。

「我不覺得回答這個有什麼意義。」

我深呼吸之後說道，葉本則一副不服氣的態度歪頭說「是這樣嗎？」

「我說反町同學，妳當偶像的時候應該賺了不少錢吧？明明自己就是靠著那張臉獲得幸福，卻不允許其他人洩漏妳的資訊，不覺得這樣很任性嗎？」

論調可笑無比。

但直播聊天室裡卻能看到『說得好』、『漂亮地駁倒w』這樣的文字流過，大家都很讚賞葉本。

葉本彷彿早知道會這樣發展一樣笑了。

「我啊，可以理解古林奏太的心情喔——對，就是那個過世了的學生。各位觀眾，請聽我說，這想法出自那一位比任何人都誠懇的同班同學。」

他特地加重抑揚頓挫以便讓觀眾聽得更清楚明白，繼續說道：

「古林死去之前，曾經對朋友這樣說過——我們是失落的一代，一切痛苦都起因於剝奪。那些高級國民、政治家、老不死的人正一點一滴拿走我們的幸福，這是一種眼睛看不見的壓榨。古林可能在不為人知的情況下一直戰鬥，然而下場是壯志未酬身先死。」

葉本呼了一口氣。

彷彿自己是古林奏太的代言人。

「很不爽吧——我們必須奪回被奪走的一切。」

直播間湧入大量留言，以及接連出現的抖內訊息。我壓下想要逃跑的念頭。

「……這跟我無關。」

註3：觀看者贊助錢財、禮物給直播主的行為。

「不，不對，我知道，只有我知道。」

葉本得意地說。

「久米井那由他，讓這間教室陷入不幸的犯人就是妳。」

我說不出話。

我覺得透過我跟葉本之間的落差，好像得以窺見葉本和堀口之間的斷絕。為什麼這兩人差這麼多呢？兩位少年在保護設施相遇，同樣憎恨這座小鎮。其中一人為了適應社會而製作遊戲，另一人則學會了頑強地活下去的方式。出發點明明相同，為什麼可以產生這麼大的差別？

就連古林奏太的死，都被葉本拿來利用增加自身利益。

確實，古林痛恨剝奪。他因田貫凜為了看護田貫時枝女士，而犧牲人生一事悲嘆，並且產生憤恨之感，採取攻擊手段。但這原本都是出自於他對田貫凜的喜愛，並不是為了報復社會。

『就是這樣』、『真的太壓迫年輕人了』、『我也是被爸媽揍大的，所以我懂』、『古林同學是因為挑戰高級國民才遭到殺害？鄉下好可怕』、『有夠辛苦』。

這一連串的事件，被當成整個日本的階級差距問題，並遭到消費。

「……根本是遷怒。」

我說不出其他話。

「葉本，你被堀口拋棄應該很痛苦吧。然後你在這個時間，剛好找到一個適合炒作的沙包，並藉此發洩對吧。」

「……不是這樣。」

他雖然馬上否認，但我沒有遺漏他的嘴角稍稍抽搐了一下。從這點可以看出他還是有點人性，但現在這樣反而更讓人難過。

一個難以理解的他，人就在我眼前。

「你們也生氣啊。」

葉本從椅子起身，對著走廊說。

從剛剛就一直逗留在走廊的二年A班學生不發一語，像是要消除自身氣息那樣噤聲，絕對不會進入教室。應該是害怕出現在直播上吧。

葉本挑釁似地笑了：

「古林奏太死了，矢萩鎮高中名聲掃地，你們作何感想？不覺得自己的未來受到影響嗎？你們也是班上發生殺人案的一分子耶。」

站在最前面的幾個學生抽了一口氣。

我想起之前曾在教室聽說過的八卦。高中三年級預定就職的同學接受面談時，被問到的通俗問題，沒有一個學生可以笑著說這件事情跟錄取與否無關。

就職同學每個人都變得很敏感，無論多些微的小事都會對他們造成龐大壓力。

葉本重新看向我。

「就這個層面來看，久米井同學妳可好了。不僅有偶像時代的儲蓄，又長得一張好臉蛋，有很多方法可以靠臉賺錢吧？妳打算再回去東京嗎？」

「怎麼可能回去，我跟你們也沒有什麼不同。」

「我就討厭妳這個遲鈍的態度，妳跟在這個鄉下要爭奪職缺的我們不一樣。」

他擅自認定每一件事情。

這些帶著暴力性的話語令我口乾舌燥。

「妳一直這樣沒錯吧？在教室裡面一副事不關己的態度，貫徹無言態度，而且連一句道歉都沒有，這一切明明就是從妳失蹤開始的。」

葉本拉高了聲調說道。

「——起碼有點自覺吧，妳就是引發這齣悲劇的犯人啊。」

這句話深深打進我的心窩。

當然，我有很多方法可以反駁，也可以嘲笑這根本是無比滑稽的論調，但那些邏輯用在這裡應該行不通。話語的正當性，會被對方的氣勢與現場的氣氛這兩種強大的暴力擊垮、消失。

我知道，這就是網路霸凌。他們需要的只是看起來有點樣子的表面藉口，以及想要攻擊目標的熱情，根本不可能聽進我所說的話。

被擊倒的悔恨與苦澀在我口中擴散。

我看了看電腦螢幕，上面映著一個悲慘地站在教室中央的少女身影。

我帶著有些不現實的感覺，接受了畫面左下角的收視人數突破一萬的瞬間。

即使如此，我想說還是得說點什麼，正打算努力策動喉嚨發聲。

「……不是這樣。」

一道聲音從教室出現。

不是我發出來的，也不是葉本的聲音。

我轉頭。

發出那個聲音的人，既不是渡利幸也、也不是田貫凜，更不是堀口博樹。

——是一個我不認識的女生。

戴著眼鏡，看起來很伶俐的少女站在門邊，應該是二年A班的同學吧。我對她有點印象，但沒有十足把握，好像是姓溝井。

——她是誰啊？

她鑽過椅子堆起的護欄，緩緩踏進教室。

「犯人才不是久米井同學，是堀口啊。葉本，你在胡說些什麼？」

她以有些因緊張而高亢的聲音，明確地說道。

「你根本沒有久米井同學引誘堀口的證據吧？那應該就還是堀口啊？你這樣很奇怪耶，該譴責的是堀口才對吧？」

我抱著茫然的心情注視著眼前的景象。

葉本也睜大眼睛，因為突如其來的介入而困惑。

看來葉本也同樣覺得論調會因此而被打亂，所以焦急了吧。

正當我說不出話時，另一個男生介入了。

「不，不管怎麼猜想都是渡利吧。」

我記得他是誰，姓高橋。

「其實是有目擊證人的喔。在事情發生之前，有人看到渡利渾身溼透地走在夜路上，應該是跟古林起糾紛了吧。堀口和久米井只是被他脅迫的受害者啊。」

高橋一邊丟出新情報，一邊述說完全沾不上邊的推論。

我還是什麼也不回答，葉本也是一樣。

其他學生就像水壩潰堤開始發表意見，而這些聲音甚至不侷限於二年A班學生。

「所以說堀口博樹就是犯人！立刻停止直播啦。」「咦，等一下，可是不覺得久米井同學也很可疑嗎？」「偶像時代的醜聞是真的嗎？好像說逼得其他偶像引退了。」「不過久米井殺害古林的動機是什麼啊，不覺得沒有嗎？」「他應該只是單純被幫派分子殺掉了吧？犯人如果只是個普通高中生，不可能不被抓啊。」「嗯，那間愛情賓館本身也有很多可疑的傳聞。」

打算終止直播而介入的人、反駁葉本發言的人、說出原本藏在心裡的新發現的人、舉發關係者壞事的人——無數學生衝進直播影像之中。

我完全搞不懂這是什麼狀況。

這些無數的聲音之中，有個東西閃過我腦海。

——「推手頻道」以外的影片頻道。

現在，除了葉本的「推手頻道」之外，還有大量頻道致力於追蹤矢萩鎮立高中失蹤案。過去除了葉本卓主張的「渡利犯人論」之外，還有影片提出「堀口犯人論」或「黑幫犯人論」等說法。

我想起班上同學在教室裡面，提出各自論點的景象。

「你們都先閉嘴啦！」

葉本急忙高聲說。

「我不是說幕後黑手是久米井嗎？你們別吵了，先安靜。」

即使他這樣努力大喊，也是沒有人聽進去，反而被大家的氣勢淹沒。

「啊你就沒有根據啊。」「有沒有可能其實是自殺啊？」「——對不起，我一直沒有說，但我要說了。犯人是堀口。我曾看過那傢伙在圖書館借閱和殺人有關的書籍。」

「只是借閱又不代表什麼。」「你只是不認識小學時代的渡利，才能說這種話。他本性可是很暴力的，只有我知道嗎？」

話語交錯。

話語交錯。

話語交錯。

電腦上的直播畫面也彷彿被教室的混亂場面影響，『啊？』、『現在是在等什麼？』、『結果犯人到底是誰啊？』之類的疑問接連出現。葉本甚至忘了對困惑的觀眾說話，勸阻其他學生的行為也不見效果。

我在靜觀其變之中，逐漸掌握到狀況了。

影響他們論點的，主要是除了「推手頻道」之外的影片頻道。而這些頻道也都洩漏了矢萩鎮高中的內部情報，並因此增加播放次數。矢萩鎮高中的學生透過這些頻道知道相關情報，並彼此交流八卦內容。

然後，這些頻道全都是堀口失蹤之後建立的。

這些新影片都是堀口上傳的——發現這一點的我，稍稍勾起了嘴角。

眼前景象感覺似曾相識。

「說起來從體格上來看，只有渡利殺得了古林啊？其他三個人就算手持小刀，也打不過運動社團的他吧。」「笨蛋，手上有刀的話，連柔弱的女性都能殺害男性耶。」「你這說法有什麼根據？」「不過不可能只有久米井是犯人吧。」「田貫絕對有出手協助。如果不是青梅竹馬，怎麼可能大半夜把人找去廢棄賓館啊。」

每個人隨意舉出壞人的名字，並加以攻擊的景象——實在讓人很難不笑出來。

因為跟堀口博樹完成的遊戲一模一樣。

遊戲裡的登場人物都會強調，自己口中的魔王才是萬惡的根源，也會訴求暴力非討伐不可，然而言詞之中並沒有具體的根據。「只有自己知道犯人是誰」的確信超越了邏輯。

而幾乎完全一樣的景象就在我眼前發生。

高橋很堅持必須譴責渡利的主張；過去跟我對立的柴岡則主張我才是幕後黑手；第一個介入直播的溝口一直強調堀口最可疑；一個男生正打算拿起手機拍攝一片混亂的

教室，卻遭到另一個男生批判並扭打起來；一個抱持有些冷漠的態度，一副自己知道一切地說著「結果他們四個人都是共犯吧」的女生，也被旁人用「妳有什麼根據」吼回去。

我一邊聽著有如激流般粗暴交錯的怒罵聲，閉上了雙眼。

——沒錯，堀口。

——活在這麼不安定世界裡的我們，總是透過攻擊壞人來求得心安。

堀口曾告訴我的《排斥社會》內容，以及班上同學的爭執，在我腦中混雜在一起。

「我就說犯人是——」班上同學的聲音衝破耳膜。「最可疑的是渡利啦。」「他跟田貫很熟——」「你懂個屁。」與喬克．楊的記述交錯。『我變得開始認為，人與人之間的差異，其實跨越了時代本身的差別，而是立基一定程度的「人類本質」上。』桌子被推倒。「一直躲在教室角落的你怎麼可能理解古林的想法啦。」大家甚至聽不見老師大喊。『可怕的行動和慣性行為，也會因為本質主義而正當化。』窗戶玻璃出現裂痕。『行為脫序的人會被定義為無法抵抗誘惑。』我無法理解虐待堀口博樹的母親，批判請領生活給付的渡利、為了田貫凜好而想要殺害田貫時枝的古林奏太，還有那些抹黑反町郁音的人，心裡到底在想些什麼。「為什麼無法理解？」「只有我知道犯人是誰。」「只有我。」「明明就是只有我才知道。」

——無法互相理解，因為我們在本質上就有所不同。

彼此理解什麼的去死吧——這樣諷刺的心死反而妝點了堀口的遊戲。

登場人物中的好幾人、好幾十人，都是一邊舉出魔王的可能性，一邊要求勇者「去打倒他」、「去打倒他」，勇者絕對不會獲得回報。打倒了一個魔王，又會有另一個新出現的村民出來說：「我覺得在某某地方的那個才是真正的魔王。」

永無止盡的無意義冒險。

在這個被淡淡的絕望支配的國度，永遠不缺新的魔王備選。勇者到後來帶著無奈的眼神笑了，放下劍，遊戲就此進入到結局。

「啊——」我說出主角的台詞。「無聊透頂。」

我利用堀口的遊戲帶給我的勇氣，找回了自己的聲音。

感受著腳下傳來的教室地板硬度，向前邁出一步。

葉本看著爭執不休的教室，似乎也不再有力氣阻止同學，無力地垂著雙臂。對他來說，這也是出乎意料的狀況吧。

「葉本，我可以走了吧？」我站在他面前。「我覺得都無所謂了，畢竟我只是來替堀口傳話的。」

「……傳話？」

「──『謝謝你過去的幫助，再見。』」

葉本的臉瞬間像是被壓扁那樣垮掉。

我看不下去了，輕輕搖了搖頭。

「葉本，我覺得你應該失去了人生中非常重要的事物。」

而他能不能重新獲得這些，我不得而知。

我一個轉身往教室外面去。話既然已經傳到了，我也沒有必要留在教室裡面。我並不想參加這種只是互相丟出毫無根據論調的無意義戰爭。

葉本想要留下我而伸出右手。被我急忙甩開的手撞到講桌，攝影機因此掉在地上。

直播攝影機拍到的不再是教室，而是大大地拍出了葉本的臉孔。

『這就是葉本？』、『好可疑，他長了一張最有嫌疑的臉吧。』、『他不是跟堀口博樹很要好嗎？太可疑了w』、『噁耶。』、『為了增加追蹤人數而亂放話的可能性。』「很可能喔。」「應該只是利用殺人事件，隨便編一些八卦出來炒作吧？」、『報警啦、報警。』

葉本似乎沒有注意到攝影機掉落的問題和聊天室的訊息，一直抓著我的手。

「妳要逃避嗎？」

「對，我沒空理你。」

我再次甩開葉本的手，深深吸一口氣。

「你就這樣搞一輩子吧。我最討厭像你這種炒作直播，還有跟著起鬨的人！」

我用力喊出來的聲音，似乎比我預料的還要高亢許多。原本吵鬧不已的教室瞬間安靜下來，熱絡的聊天室也突然不再有留言。

我朝向教室外而去。

「——所以，我會做出比這個更令人興奮許多的東西讓你們瞧瞧。」

想要創作好音樂的熱情在我體內翻滾，比起這種毫無意義的鬧劇，我想創造出能更讓人陶醉的事物。我想告訴他們，還有很多事物比攻擊他人更有趣。

我打從心底認為，這應該就是我將來要走的路。

我離開二年A班教室，來到樓梯口的時候，看到田貫和渡利在這裡等著。他們雖然也有來學校，但似乎沒有進教室，一直在這裡等。

「我有看直播喔。」田貫笑了。「久米井同學，妳好帥喔。」

我有點在意剛剛的自己究竟是什麼表情，但沒有勇氣重看直播。不要像是凶神惡煞就好了。

「無所謂啦，我應該暫時要封網了。」

我搖搖頭，從鞋櫃拿出皮鞋。

渡利不安地靠過來。

「妳之後有什麼打算？還會繼續上學嗎？」

「我也不知道，可能會轉學吧。我開始覺得有點厭煩了，不如轉學到不用跟同學見面的空中學校就好。」

或許我本來就比較適合就讀空中學校。我原本只是想普通地度過高中生活，才選擇了矢萩鎮高中，但結果還是沒有做到什麼很有高中生青春風格的事。

「你們兩個還是會繼續在這裡就讀嗎？」

田貫和渡利互相看了看對方，低調地頷首。

我微笑。他們有他們的路要走，也有各自的選擇。尤其是田貫，將來應該會很辛苦，如果能夠盡量減輕她的罪刑是最好，但大概不會這麼容易。不過，也不代表一切都很絕望。

「對了，堀口是不是也有寄遊戲給你們？」

我因為沉迷在遊戲之中，忘了確認。

田貫和渡利都說「有收到」，田貫在忙碌的生活中找空檔遊玩，好像是今天早上總算破關了。渡利則是玩得很快，好像只花一天左右就破關了。

看來我玩得相當仔細。

「他發了些什麼訊息給你們？」

我因為在意而這樣問，田貫一副「我就在等這句話」的態度，從書包拿出一張列印用紙，上面直接印出遊戲畫面截圖，是堀口的訊息。

給田貫：

抱歉讓妳久等了，我終於完成遊戲了。上星期，我讓一些粉絲試玩除錯，遊戲本身獲得非常好的評價，加上過往建立起來的口碑，這款遊戲應該可以賣得不錯。久米井同學譜寫的音樂獲得極大好評，如果能善加活用這些音樂，我應該也能做出不錯的宣傳成績。

田貫，妳能不能收下這款遊戲的營收呢？

雖然還不確定，但這款遊戲應該會有不少營收入帳。我會把這些錢讓給妳，請妳用在田貫時枝女士身上好嗎？應該有一些安養設施是只要支付高額費用，就可以入住的吧？

請妳不要拒絕我。

雖然這樣說很殘忍，但這是為了讓妳能沒有後顧之憂地去自首。

能夠完成這款遊戲，也有妳的功勞。

希望有朝一日，我們能夠抱持著開朗的心情再會，所以請妳務必收下。

為了妳的將來好，請妳不要害怕去自首。我會準備好能讓贖完罪之後獲得自由的妳，可以逃避的避風港。

這段文章讓人可以感受到很有他風格的體貼，以及在煩惱過後才得出的答案。

我刻意假裝鬧彆扭地噘嘴說：「他對妳真的很好耶。」渡利也表示同意地說：「我懂，他只是普通地跟我道別而已。」

在那之後，我們互相對照了堀口分別留給我們的訊息。只有最後的一句話是每個人都一樣的。

希望能有一天，大家可以再一起製作遊戲。

我們就像過去那樣交談。若堀口今後想要繼續活躍，就不能缺少田貫的英語能力。田貫可以跟堀口領薪水，藉此跨出夢想的第一步。當渡利開始煩惱說是不是也要學習編寫程式時，我們則笑著叫他好好打球，並重新說起對遊戲的感想。

「那我差不多該走了。」我揮揮手。「嗯」、「再見」，兩人這樣回我。

我跟他們道別，穿過校門，大大地伸了一個懶腰。

如同我告訴田貫他們，我已經不想再回去矢萩鎮高中了。

我不打算挑戰暴露在好奇的目光下、過著如坐針氈般的生活。人生不是只有「戰鬥」一個選項。

比起在狹隘的空間裡面爭論誰是犯人，一定還有不一樣的生活方式。即使不知道讓我的人生這麼難熬的犯人是誰，也還是隨時都有「逃跑」這項指令。如果能在這方面持續誠實面對自己，這樣的生活一定不會白費，將會聯繫到自己未來。

——堀口，這就是你得出的答案吧？

我詢問人並不在這裡的少年，並期望有朝一日能再相會。

我拿下口罩，撥起瀏海，歌聲自然流洩而出。

參考・引用文獻

《排斥社會——後期近代社會上的犯罪、雇用、差異》
《The Exclusive Society: Social Exclusion, Crime and Difference in Late Modernity.》
喬克・楊（Jock Young）著，青木秀男、伊藤泰郎、岸正彥、村澤真保呂譯。
初版二刷，263頁、265頁、292頁。二〇〇七年洛北出版。

※本書277頁第11行到第15行中『』內的文字，均引用自上述出版品內容。

國家圖書館出版品預行編目資料

只有我知道犯人是誰 / 松村涼哉作 ; 何陽譯 . -- 初版 . -- 臺北市 : 臺灣角川股份有限公司 , 2024.03
面 ;　公分
譯自 : 犯人は僕だけが知っている
ISBN 978-626-378-702-5(平裝)

861.57　　113000518

只有我知道犯人是誰

原著名＊犯人は僕だけが知っている

作　　者＊松村涼哉
繪　　者＊LOWRISE
譯　　者＊何陽

2024年3月18日　初版第1刷發行

發 行 人＊台灣角川股份有限公司
總　　監＊呂慧君
總 編 輯＊蔡佩芬
主　　編＊李維莉
美術設計＊李曼庭
印　　務＊李明修（主任）、張加恩（主任）、張凱棋

台灣角川

發 行 所＊台灣角川股份有限公司
地　　址＊104台北市中山區松江路223號3樓
電　　話＊（02）2515-3000
傳　　真＊（02）2515-0033
網　　址＊http://www.kadokawa.com.tw
劃撥帳戶＊台灣角川股份有限公司
劃撥帳號＊19487412
法律顧問＊有澤法律事務所
製　　版＊尚騰印刷事業有限公司
I S B N＊978-626-378-702-5